乡居文丛

路景涛——主编

柿曲

一枚果实的巅峰时刻

周华诚　郭琳　等著

GUANGXI NORMAL UNIVERSITY PRESS
广西师范大学出版社
·桂林·

柿曲：一枚果实的巅峰时刻
SHIQU：YIMEI GUOSHI DE DIANFENG SHIKE

图书在版编目（CIP）数据

柿曲：一枚果实的巅峰时刻 / 周华诚等著. —桂林：广西师范大学出版社，2018.9（2018.12 重印）
（乡居文丛 / 路景涛主编）
ISBN 978-7-5598-1173-8

Ⅰ. ①柿… Ⅱ. ①周… Ⅲ. ①散文集－中国－当代 Ⅳ. ①I267

中国版本图书馆 CIP 数据核字（2018）第 203701 号

广西师范大学出版社出版发行
（广西桂林市五里店路 9 号 邮政编码：541004
网址：http://www.bbtpress.com）
出版人：张艺兵
全国新华书店经销
北京博海升彩色印刷有限公司印刷
（北京市通州区中关村科技园通州园金桥科技产业基地环宇路 6 号 邮政编码：100076）
开本：787 mm × 1 092 mm 1/32
印张：6.5 字数：110 千字
2018 年 9 月第 1 版 2018 年 12 月第 2 次印刷
印数：6 001~8 000 册 定价：49.80 元

上帝的秘密隐匿于果树间，
唯有福之人才能觉察。

——［德］希德加·冯·宾根

目录

| 卷五　色：草木之美 |

卷一

果：前世今生

（文｜小麦）

我们对任何事物的了解都不到百分之一的百万分之一。

——［美］托马斯·爱迪生

· 柿子简史

“如果没有水果，人类根本不可能出现。”

《水果猎人》一书的作者亚当•李斯•格尔纳在书中写道：“住在树上的人猿出现于距今500万到900万年前。果实帮助他们进化。”

而科学史学家劳伦•埃斯利则认为：“若没有数量和种类庞多的果子，人类可能仍是夜食动物，靠啃蟑螂过活。”

柿子，柿科植物浆果类水果，其原产地就在中国。

瑞士人康德尔所著的《栽培植物起源》(1884年)，被认为是研究世界植物的经典著作，“书中阐述的应用果实的植物共41种，原产于中国的占10种，其中包括了柿子”。

苏联学者瓦维洛夫根据1923—1931年在世界各地的考察结果，提出了世界八个重要作物起源中心。中国被认为是农业和栽培植物起源较早和较大的中心之一，特别是中国西部和中部山区极为重要。瓦维洛夫认为起源于中国的果树约有52种：温带果树有沙梨、白梨、秋子梨、花红、桃、杏、梅、李、樱桃、山楂、枣、核桃、栗、榛等，亚热带果树有橙、

火红的柿子　周华诚　摄

橘、柿、金柑、枇杷等；热带果树有荔枝、龙眼、黄皮等。

由此看来，柿子是地地道道的中国果子。

西北农林科技大学王仁梓教授对中国的柿子栽培历史与柿文化做过深入研究。他指出，我国发现250万年前野柿叶的化石，而且柿子在一万年之前已被利用，栽培柿最早是在中国的西安出现的。

他把柿子栽培的历史大体分为五个阶段（引自《中国柿栽培历史与柿文化》）：

一、野生采集期

在原始社会与奴隶社会的夏朝、商朝，人们常以狩猎、采集为生。最初柿树处于野生状态，自生自灭，由鸟兽传播，人们仅采集柿子果实充饥。浙江省浦江上山出土的柿核距今已有一万年之久，浙江余姚田螺山出土的柿核距今六千五百年。这些柿核是从食物残渣混合物中清理出来的。这可以证明，当时柿子仅处于野生采集被食用的事实。

二、驯化栽培期

人们在野外采集过程中掌握了柿子脱涩方法。脱涩后的柿子风味颇佳，于是人们向奴隶主和帝王大臣进献。为了就近采摘，柿树被作为奇花异木栽植在庭园之中。

《礼记·内则》中规定，柿子是国君日常食用的31种美味食品之一。可见柿子身份尊贵，只供帝王赏玩、品尝，普通百姓无福消受。梁简文帝在《谢东宫赐柿启》中，称赞柿好吃，是“甘清玉露，味重金液”。《上林赋》中有“枇杷橪柿”等果树。《晋宫阁名》中有“华林园柿六十七株，晖章殿前柿一株”等记载。

《齐民要术》中记载：“柿，有小者栽之；无者，取枝于楔枣根上插之，如插梨法。”明确记述了野生变栽培的事实。因为掌握了柿树嫁接技术，所以生产也有了一定规模。正如《梁书·良吏》记载当时柿的发展情况：“永泰元年，为建德令，教民一丁种十五株桑、四株柿及梨栗，女丁半之，人咸欢悦，顷之成林。”

三、规模栽培期

唐宋以后，人们对柿的优点越来越了解。唐朝段成式在《酉阳杂俎》中总结出柿树有七大好处：“柿有七绝：一寿，二多阴，三无鸟巢，四无虫，五霜叶可玩，六嘉实，七落叶肥大。”

孟诜、陈藏器等医学家也证实柿有很高的药用价值，从而提高了柿的身价。在实践中，人们发明了温水脱涩、鲜果脱涩及柿饼加工、用冷盐水渍贮藏等技术，并筛选出一些优良品种。

随着柿子用途的扩大以及脱涩方法和贮藏加工技术的改进，柿子栽植得到了进一步发展，数量已相当可观，往往在一个地方有成千上万株。在韩愈《游青龙寺赠崔大补阙》诗中，有一句“友生招我佛寺行，正值万株红叶满”。南宋的马永卿在《懒真子》中写道：“仆仕于关陕，行村落间，常见柿连数里。”由此可以看出当时柿树种植的规模。

四、主产地形成期

元末明初时期，自然灾害频繁，人们对柿果和柿饼可以代粮充饥有了深刻的认识。据传明太祖朱元璋在做皇帝以前曾体验到柿子能代粮充饥，这一发现对后来的臣民影响极大。由于明王朝的倡导，在自然灾害频繁的北方山区几乎户户种植柿子。

徐光启《农政全书》“柿考”内《荒政要览》所记：“三月秧黑枣，备接柿树，上户秧五畦，中户秧二畦，下户秧二畦；凡陆地内，各密栽成行；柿成做饼，以佐民食。”又记：“今三晋泽沁间多柿，细民干之，以当粮也，中州、齐、鲁亦然。”

又如朱权在《臞仙神隐》中说：“防俭饼，以栗子、红枣、胡桃、柿饼四果去核皮，于碓（石臼）内一处捣烂揉匀，捻作厚饼，晒干收之，以防荒俭之用。”

《嵩书》有记："二室之下，民多种柿，森蔚相望。戊午(1618)大旱，五谷不登，百姓倚柿而生。"

《抚郡农产考略》也记："柿糠山西省人常为之。光绪戊寅(1878)，晋省大饥。黎城县民赖柿糠全活，无一饿毙者。"因此，柿树种植发展很快，特别是贫困山区更为重视柿子栽种，这样便形成了黄河中下游为我国柿的主产地的格局。不过，当时栽培模式仍是零星栽植。

五、园艺栽培期

改革开放以后，人们生活水平提高，对柿的要求也越来越高，不仅追求数量，也注重品质。柿作为时令果品进入市场，优良的柿子品种得到推广。中国柿子产地主要在广西平乐和恭城两县，约占全国市场的70%，平乐县二塘镇是全国最大的柿子和柿饼交易点。

如今，柿子已经在生活中相当常见。但实际上，我们对这种水果了解不多。

"说到底，你有可能更熟悉整片森林，而不是单独的一棵树；正如你可能熟悉某棵树，而不是组成它的亿万细胞。我们理解——看到——的总是全局的一部分，正如每件物品自身就是一套复杂系统，而与此同时，它又是某个更复杂系统的组成部分。”美国作家大卫·布拉特纳在《宇宙的尺度》一书中这样说。

比如，你永远不知道你种下的那棵柿子树是否能结出柿子——很多柿子树是雌雄异株的，尽管有些柿子只要开雌花就能结果实，比如眉县的牛心柿、磨盘柿；但大多数雄树，就只开花不结果了。

比如，你也永远不会知道，在南北朝时，谁第一个发明了把柿子的枝条嫁接到樉枣的根上面的。

比如，你永远不知道柿子树上那么多果实中，哪一颗会最先成熟，哪一颗又将是最甜的。

你也不会知道，你将在哪里吃到下一个柿子。

· 柿子家族

全球柿子主要生产国依次为中国、韩国、日本、巴西、意大利、以色列、新西兰、伊朗、澳大利亚。中国是世界上产柿最多的国家，年产鲜柿70万吨。

这些柿子长在不同的树上。你无法想象，柿子竟然有那么多品种——至少有300种。

这是一个庞大的家族。

同为柿树科、柿属的植物，如何去区别和识别它们呢？有多种不同的路径：从果实形状看，有圆柿、长柿、方柿、葫芦柿、牛心柿等；从果实色泽上看，有红柿、黄柿、青柿、朱柿、白柿、乌柿等；从果实的甜涩、果肉有无褐斑、脱涩与种子形成的关系等，可分为完全涩柿、不完全涩柿、不完全甜柿、完全甜柿等。

通过生产实践，人们培育出很多优良品种，其中著名的有：产于华北的"世界第一优良种"大磨盘柿，河南渑池、陕西眉县的牛心柿，河北、山东一带出产的莲花柿、镜面柿，陕西泾阳、三原一带出产的鸡心黄柿，陕西富平的尖柿，浙江杭州古荡一带的方柿。这七种柿子被誉为我国“七大名柿”。

一、大磨盘柿

大磨盘柿产于华北，也叫大盘柿、大盖柿，被称为“世界第一优良种”。这种柿子个头大，一般的重250克左右，大的一个就有500克。果实中部有缢痕，形如上下两扇石磨，故称大磨盘柿。又因柿子形似有盖的容器，亦有大盖柿之称。

二、牛心柿

牛心柿的外形酷似牛心，因此得名。牛心柿的花期在每年的六月。十月收获。除了生食，还可烘熟，烘熟后甜蜜多汁，被不少食客喜爱。河南渑池、陕西眉县一带多见。

三、莲花柿

莲花柿果实呈长方形。果皮细而光滑，有果粉，无裂纹，无蒂隙，皮厚而韧。缢痕明显，呈莲花状。果实大，平均单果重170克，大小较均匀。果肉呈橙黄色或橙红色，软化后为橙红色。肉质松脆，软化后汁液较多，味甜。髓较大，成熟时实心。果内无肉球，无种子。最宜脆食。河北省顺平县、唐县、易县等地多见。

四、镜面柿

镜面柿果实中等，单果重120—150克，扁圆形。果皮光滑，橙红色，有光泽。肉质松脆，汁多味甜，无核。依成熟期不同可分为三个类型：八月黄以脆柿供鲜食，二早和九月青以制柿饼为主，成品透明，霜厚味甜。山东菏泽多见，以曹州耿饼驰名。古代曾是进贡给朝廷的贡品。

五、鸡心黄柿

鸡心黄柿形状狭长丰满，似“鸡心”。果实小，单果重20—25克，长圆筒形。脱涩后，果皮、果肉均呈鲜红色。肉质嫩滑多汁，味甜，有柿香，无核。河南，陕西泾阳、三原一带出产鸡心黄柿。

六、尖柿

尖柿果实呈圆锥形，外表橙红，果实顶端呈尖形。尖柿树寿命长、产量高，且不易落果。果实汁多浓郁且味甜，制成的柿饼被称为合儿柿饼。陕西富平常见。

七、方柿

浙江杭州古荡有方柿。秋日的西溪，有“芦锥几顷界为田，一曲溪流一曲烟”的诗情画意，也有“黄橙红柿紫菱角，不羡人间万户侯”的秋收之美。西溪弯弯曲曲的河道两旁，随处可见茂密的柿子林。西溪湿地自古盛产柿子，品种主要有扁柿、火柿、方柿等。尤其火柿，口感绝佳，品相上乘，相传古时候曾为供奉皇室的贡柿。

此外，陕西临潼的火晶柿、华县的陆柿、彬县的尖顶柿，山东青岛的金瓶柿、益都的大萼子柿等都是国内有名的柿子品种。这些名种柿子，皮薄、肉细、个儿大、汁甜如蜜，深受食客的喜欢。

以上所说，都是中国的柿子。其实柿子在日本也同样受欢迎。

在日本的奈良县，由政府出资兴建了一家“柿子博物馆”，其外形似扁圆形大柿子。馆内展示有包括原产于中国，现分布于中国、日本、韩国的完全涩柿、不完全涩柿、完全甜柿、不完全甜柿等100余个品种的柿子实物。另外，还有由柿子加工的柿子酒、柿子酱、柿子醋、柿叶茶等数十种加工品。亦有电影放映厅，可以向参观者播放柿树的相关知识。如果有机会，可以去奈良看看。

· 花开与花落

柿树会开花吗？

柿树会在几月开花？

柿子花冠淡黄白色，或黄白色而带紫红色，壶形或近钟形，花期5—6月。花虽年年开，能关注到的人并不多。

“花壶形或近钟形，较花萼短小，长和直径各12—15毫米，4裂，花冠管近四棱形，直径6—10毫米，裂片阔卵形，长5—10毫米，宽4—8毫米，上部向外弯曲；退化雄蕊8枚，着生在花冠管的基部，带白色，有长柔毛；子房近扁球形，直径约6毫米，多少具4棱，无毛或有短柔毛，8室，每室有胚珠1颗；花柱4深裂，柱头2浅裂；花梗长6—20毫米，密生短柔毛。”

——这是植物学意义上的柿花。

“柿树的花有雌花、雄花和两性花三种类型。

“在同一株柿树上，仅着生雌花的叫雌株，我国的栽培品种绝大多数属于此种类型；在同一株柿树上既着生雌花又着生雄花的叫雌雄异花同株，我国栽培的柿树很少属于这种

柿子红了 刘硕 绘

类型；在一株柿树上同时着生雌花、雄花和两性花（也称为完全花）的叫雌雄杂株，这种类型多见于实生柿树。”

——这是繁衍角度的柿花。

“捡柿花，是孩子们很有乐趣的事。由于柿花不会完全开放，所以在它凋落的时候还是一个个像小灯笼一样的花朵。我们把花儿从地上捡起来，用线穿成一串一串，戴在头上、脖子上，淡淡的花香和孩子追逐打闹的笑声，散落在村庄的角落……”

——这是留在孩童记忆中的柿花。

柿花有饱满的花骨朵，凸出的细微的棱角，随后柿花慢慢绽放，棱角也更加明显。柿花的花瓣厚厚的，带点蜡质感，像一只只吊着的小碗儿，只有指头肚儿大小，组合在一起就像做工精致的工艺品。还没有完全开放的时候，柿花就已经走完它短暂的花期，从枝头凋零，飘落满地。脱落后的柿花，用丝线穿起来，便可做成手镯、项链和美丽的花环，或套在手腕上，或戴在脖子上，作为花饰品。

柿花期一般6—12天。因柿树品种不同，柿树雌花、雄花开的时间也不尽相同。以磨盘柿为例，在柿树雌雄同株花情况下，一般雄花瘦小先开，当雌花展开时，雄花随着花柄脱落而凋谢。此时，雌花可不经异花授粉而自行结成无籽果实。

柿花的生命是短暂的。柿花凋落后，柿树随即挂果。青柿子慢慢换上红脸儿，又是秋冬时节，红彤彤亮晶晶的柿子挂满枝头，是村庄里最明亮的颜色。

还有一位朋友，说到小时候捡了柿花，用来做成食物吃：

小时候，每到青黄不接之时，母亲便让我们到野外去捡柿花或捡掉在地上的小柿子，捡回来后把它们晒干，磨成粉，掺上少量红薯面，蒸成窝窝头吃。说实在话，那窝窝头涩得令人难以下咽，如果不是饿得实在没办法，没有谁愿意吃它。可正是因为有了它，才让我们一家人度过了那段难熬的艰苦岁月。现在每每想起，我们还念念不忘柿花的功劳。

柿花还是一味中药。《滇南本草》中说，柿花晒干为末，搽之可治痘疮破烂。

· 柿子有多重要？

柿子到底有多重要？这是一个好问题。

加拿大作家亚当•李斯•格尔纳在《水果猎人》一书中，盛赞水果的功劳。他说，水果激发了无数革新。苏美尔人发明了最早的楔形文字，就是为农场主记录谷物和水果的交易情况。人类最初的乐器，是用水果做的，非洲人用葫芦（在格尔纳看来，葫芦居然也是水果）做成了弦乐器和打击乐器。同样，水果在科学领域也功不可没——重力的发现，应归功于苹果；达尔文是在醋栗实验成功后，才证实了自然选择论；而著名的罗伯特•戈达德，16岁时坐在一棵樱桃树上，突然想到将来可以发明一种机器，飞向火星！于是，他成为现代火箭之父。

很显然，与在人类发展史上功勋卓著的苹果、樱桃、葫芦相比，柿子似乎要低调得多。它并没有取得太大的成就。但如果我们因此就忽视柿子的贡献，显然会有失公允。柿子在人类的日常生活中扮演了多种角色，它充当着糖、酒、粮食、果品、药品等与生活密切相关的各种替代品。

河南师范大学教授王新环曾查阅河南省内许多的清代至民国时期的地方志，了解到柿子在当时民众生活中的重要作用。他在文中列举了许多并不为人所注意的柿子的用途。例如，柿霜可作糖，柿子可以酿酒。《洛阳县志》就记载：“俗用酿酒，曰高枝酒；曝干，曰冻饼；取柿霜作糖，曰柿华糖。”

柿子还可以作为粮食，例如把柿皮掺入米面中，可作为粮食的补充。“皮皆存入米面拌匀，日用饔餐，美不可离，一无弃置。”(《宜阳县志》)

另一地的县志，在记载民众的日常饮食时也说：“近山之民，柿糠尤为主要。其制法，用鲜柿果和秕谷碾碎晒干，冬月碾末存储，可常年食之。”(《林县志》)

也就是说，柿子除制作柿饼之外，即便是柿子皮等边角料，也可以与糠秕杂粮一起拌匀，碾揉成块，晒干后作为干粮保存。到了粮食不足的时候，碾成粉，蒸而食之，都是很好吃的。这种粮食还有一个好听的名字——“柿糠”，味道也不差，“甘美可口，不嫌粗糙”。

也确实如此，柿子在灾荒出现、禾黍不登的年景里，确实起到很大的救济作用，“每值雨泽不均……全赖柿子补助”。

至于柿饼，那是古代民间的甜品，甘美的食品之一，此中滋味，自不待言。

而许多人并不知道，柿霜和柿饼还是一种药材。河南部分地区，民间流传着在腊月二十三祭灶日，将祭糠杂入柿饼保存之，留着来年治小儿误吞麦芒及口疮、痢疾等症。《河南风物志》亦云：“柿霜可入药，医治口疮有特效。”

王新环教授还发现，柿子成为人们在一些特定的传统节日里不可缺少的食品——如在立春这一天，汝南县的人们会把柿饼及其他物品藏在耕牛腹下，成为“鞭春牛”或曰“打春”仪式上的食物，是人们为祈求这一年风调雨顺而举行的一种仪式。人们会在牛腹下藏着核桃、栗、枣、花生、柿饼等物。鞭春牛后，牛腹下的物品散落在地，仪式负责人抛撒分发，男女多争而食之。

元旦这一天，郑县的人们则会“插柏枝于柿饼，盛以大橘，谓之‘百事大吉’”。阳武县的人们把柿饼作为春节拜年的礼物。元宵节的灯市上，郑县市场上出售各色花灯和包括柿子在内的果品等，“人物则有老子、美人、钟馗捉鬼、刘海戏蟾之属；花草则有栀子、葡萄、杨梅、柿橘之属”。

此外，在柿子成熟的九月，“正阳县的人们不但在重阳日登高赏菊，饮茱萸酒避灾，还吃柿子，称这一天为‘柿生日’”。

俗话说：“霜降吃柿子，不会流鼻涕。”在全国许多地方，都流传着霜降这一天吃柿子的习俗。霜降为什么要吃柿子？这是因为柿子的最佳成熟时期在霜降前后，有谚语为证：“霜降摘柿子，立冬打软枣”；“霜降不摘柿，硬柿变软柿”。

从医学的角度看，柿子能有效补充人体养分及细胞内液，起到清热润肺、生津止渴的作用，并有祛痰镇咳的功效。还有些地方的民俗认为，霜降这天要吃柿子，不然冬天嘴唇会裂开。

不过，柿子虽好吃，也应适量，且一般不宜在空腹的情况下吃。因为柿子中含有大量的鞣酸和果胶，空腹状态下吃会与胃酸作用形成胃柿石。

中国台湾作家、“自然观察解说员”刘克襄，多年来从事自然观察、历史旅行与旧路探勘。他去新埔西隅的旱坑里探访，那里是台湾柿饼出产最多的地方。他还写过一篇散文，题为《一棵红柿》，发表在报纸上，情节颇为动人。

“暮秋时，一位学生听从我的建议，在双连传统市场寻找当令的蔬果。不旋踵，她邂逅了北部生长的红柿，高兴地买了四颗。”这种红柿的生长范围，大抵囿于观音山和阳明山，产量甚少，为表达感谢之情，学生一定要送两颗柿子给刘克襄，盛情难却，刘克襄只留下一颗，并仔细收好放进包中，准备带到山上去吃。

下午，刘克襄赶到深坑山区，探望几位住在森林里的阿公。“突然间，我想到背包里面那颗红柿。阿公常年在深坑山区长大，当地少有柿子栽种，恐怕也不易见到。这颗红柿若送给老人家，比我自己单独食用，更有意义。当下便取出来，虽说只是这么一小颗，并不觉得寒酸。”

“果然，阿公看到红柿时，高兴地嚷叫‘柿仔啊！柿仔啊！’……快乐溢于言表。只见他捧起来嗅闻，眯笑地赞叹，‘真香！真有味！’”然后，阿公小心翼翼地把柿子放到旁边的大石上，继续锯木柴。想想又觉得不妥，再捧回厨房里面，一边喃喃着：“可惜就这一个，只能自己吃了。”

这日常生活的小小情节，令人过目难忘。刘克襄感叹道：“若是在平地，小小一颗红柿，谁看得上眼呢？大概只有长年蛰居深山，简单粗茶淡饭度日的人，才能展现对一颗水果的美好吧。”

是的，一颗水果的美好，也是值得让人感恩的。

· 柿子赐福

“悬霜照采，凌冬挺润，甘清玉露，味重金液。虽复安邑秋献，灵关晚实，无以疋此嘉名，方兹擅美。”（《艺文类聚》）

梁简文帝一早收到太子差人送来的柿子，写了张字条表达情意。《谢东宫赐柿启》短短数语，至今读来依然动人。

水果原本就使人快乐。fruit（水果）这个词，来自拉丁语“furor”，意为“因……愉悦”，“fructus”意为“愉悦、快乐和满意”。当“fruc-”演变为德语词根“bruk”时，词意基本保留，仍有“拥有……的快乐”之意。

《水果猎人》作者亚当•李斯认为，“各式各样的水果撑到了今天，它们也成功保留了原初的寓意——赐福”。

相较于其他各种各样的水果，柿子“赐福”的寓意更为明显。因“柿”谐音“事”，古人便将诸多喜庆吉祥的内涵融入其中，如“事事如意”“事事安顺”等美好希望。“事事如意”是汉族传统吉祥图案之一，由两个柿子和一只如意构图，取吉祥之意。

唐、宋、元、明、清各朝代的大诗人，如张籍、韩愈、郑谷、皮日休、陆游、李白、杜甫、张仲殊、欧阳修、张蕴、韩维、苏轼、孔平仲、唐寅等，都写过与柿子相关的诗篇。

普通百姓则赋予柿子吉祥如意的美好意愿。如在老北京和旧时江南岁时习俗中，正月初一要用掺有枣、栗、龙眼、柿饼的金银米（大米和小米）做成的年饭上供，将柏树枝、柿子（或柿饼）与金橘一起放入一个盘子中，组合成吉祥品，置于堂前茶几上，借其谐音，谓之“百事大吉”。

在旧时婚俗中，柿也是必备的吉祥果之一，表示婚后“事事如意”。

西北农林科技大学王仁梓教授还特意收集过一些关于柿子的谚语。如讲述柿子能救荒的有“枣柿半年粮，不怕闹饥荒”“板栗柿子是铁树，稳收稳打度荒年”；柿树种植经验方面的有“岗地柿，洼地柳，枣树栽到沙窝里”“桃三杏四梨五年，核桃柿子六七年”；讲述柿果的成熟时间及采摘时间的有“七月石榴正开口，八月菱角舞刀枪，九月山上采黄柿”“立秋核桃白露枣，寒露柿子穿红袄”“白露打核桃，霜降摘柿子”“旱枣涝栗子，不旱不涝收柿子”；带有调侃意味的与生活方面相关的有“柿子专捡软的捏”“烧柿不吃吃漤柿”……

柿子在中国文化中是吉祥如意的象征。在古代，还有一种“柿蒂纹”，早在三千年之前已有应用，它兴起于战国之前，流行于汉代，是一种颇具时代特色的装饰纹样。

柿蒂纹具有丰富的文化内涵。当时盛行五行学说，认为宇宙万物都是由木、火、土、金、水五种基本要素所构成。五行学说与柿蒂和它的四个萼片数相吻合——中心花托代表了中央，四枚萼片正代表了四方，因而柿蒂纹应运而生。

因柿根坚固、柿树长寿，柿蒂纹也有“牢固”“永久”“耐用”的美好寓意。所以柿蒂纹多用在古代的剑首、玉灯、玉盒、玉杯及金缕玉衣的玉片等玉器上，也用在铜镜、酒樽等青铜器上，或用在陶罐、茶壶盖、壶嘴等陶器的装饰上。有时，也会在门楣、银镯、银碗、水烟筒等物件上运用这种花纹。

可以说，柿子、柿蒂纹，都有赐福的吉祥之意。

柿子传入日本之后，柿子文化也一并带入日本。在《本草和名》中，柿子写作“加岐”;《和名类聚钞》中写作“贺岐”。

到了江户时代，柿子在日本广为种植，并已培育出许多新品种。明治三十五年（1902）成立的“农务省农事试验场园艺部”对优良品种进行调查，发现了“富有”“次郎”“平核无”“横野”等品种。据园艺学家菊池秋雄（1883—1951）的观点，昭和初期柿子的品种达到800到1000种。

柿子在自然天地之间生长，形态美好，所以在日本，

“柿”的花语是“自然美”。

初春新萌的柿树嫩叶，可以炸来做清淡的“天妇罗”。由此，“自然美”不仅可以视觉观赏，可以用心感知，还可以用味蕾去品味！

· 柏柿如意

年轻的塞尚曾许下诺言，要“用一个苹果震撼巴黎”。

后来的事实证明，他确实做到了这一点。他用一个个圆滚滚的充满拜物和性征暗喻的苹果，扰乱了中产阶级的视线。一个苹果，天生带着某种特别的意味，就好像当初亚当和夏娃一定会偷吃苹果而不是梨子一样，砸中牛顿脑袋使其产生伟大思想的也是苹果而不是椰子一样。

苹果是在油画的静物里出现频率相当高的水果。如果纵览一下油画史，你会发现苹果总会出现在画家们临摹时的案桌上。柿子，这个带有显著的东方色彩的水果，与苹果一样具有某种意义上的神秘性。正如山本耀司写过的句子：

一棵柿子树上，结满了果实。……却不是所有的柿子都可以长成成熟的果实，它们中的一些被下了咒语，存在的意义仅是为那些被选中的、幸运的果实提供养分。这样一种宇宙规律控制着万物，而万物皆宇宙。

岁朝佳兆图　明·朱见深

柿子，作为一种文化意义上的水果，也承载着其诗性与祈福的文化。

明宪宗朱见深曾画过一幅绢本《岁朝佳兆图》。画中，钟馗正用犀利的目光盯着朝他飞来的蝙蝠，一手持如意，一手扶在小鬼的肩头，寓意“福在眼前”；小鬼双手捧着盛有柿子和柏枝的托盘，寓意“百事如意”。画幅右上方御题：“柏柿如意。一脉春回暖气随，风云万里值明时。画图今日来佳兆，如意年年百事宜。”

朱见深，一位孤独的皇帝，一生深爱大他十多岁的宫女万贞儿。这个帝王，内心谨敏，艺术造诣颇高。据画史记载，朱见深长于诗文绘事，工画神像及山水小景。“时作墨戏，以赐群臣。”他的作品，以《一团和气图》和《岁朝佳兆图》最为有名。《一团和气图》的画面，乍一看是一位身形浑圆的弥勒正盘腿而坐，无愁无恼，一副笑意盈盈的样子。如果仔细看来则内藏玄机，弥勒端坐正中，左拥一位道家老者，右拥一位方巾儒士，儒道二人则各执经卷一端，微笑抵膝对坐。构图巧妙运用了“借位”方式，集三位人物的神行于一体，可谓儒、释、道三人合一，你中有我，我中有你。

《岁朝佳兆图》，画于成化十七年（1481）。此前数年间，江浙、山东、江西、湖广、河南、四川等地连遭天灾。成化十六年（1480），宿敌北方蒙古族瓦剌部亦思马因又南下骚扰大同，逼近京师。父皇被瓦剌部俘虏的经历，使得朱见深大为惊恐，急命保国公朱永及汪直、王越等率兵抵御。面对内地灾情不断、边防威胁迭起的情形，朱见深在岁首画了这幅画，以表达祈祝“如意年年百事宜”的愿望。

可以想象，一个皇帝每天临朝处事，定朝纲，平叛乱，杀伐决断之间，牵系万里江山和黎民苍生。而他心中所向往的，也不过是一幅最日常、最平淡、最安宁的画面。在一年伊始万象更新之时，他也如每一位寻常百姓一样，祈求一年的平安如意。

“柿”谐音“事”，柿子题材历来为画家所喜欢。吴昌硕、赵之谦、于非闇、齐白石等都画过大量的蔬果图，其中，尤以齐白石画的蔬果图最为生动。齐白石好画方柿，一种呈青灰色的方形柿子，并总要题上“世世平安”一类的吉祥语句，借画寓意，借物送福，寓世世祥和。齐白石更曾自喻为“柿园先生”。

· 能结果吗？能结果！

这是一个非常有意思的习俗。

在日本，除了冲绳与北海道，其他地方都种植柿树。柿子在民间信仰中占有重要地位。

明治维新前，正月初一至初七，称大正月。正月十五，称小正月。小正月之际，各地有一种民俗活动，叫“逼柿树结果”：

一个人拿着砍刀，质问柿树：“你能结果还是不能结果？你要不结果，我就砍你。”

一边问着，一边用刀轻轻砍破树皮。

这时，另一个人就轻轻答道：“能结果，能结果！”

说着，用小豆粥涂抹伤口。

据说这一民俗活动的寓意，是祈愿柿树大丰收。

后来我读书，多次看到类似的“逼问果树”的情景。如在沈从文的小说《长河》里，也有类似的场景，说的是湘西人与橘树：

每在岁暮年末，用糖汁灌溉橘树根株，一面用童男童女在树下问答“甜了吗?”“甜了!”下年结果即可望味道转甜。

沈从文为这些被现代人看作“迷信活动”的繁文缛节，做出世俗生活上的解释：“一切生活都混合经验与迷信，因此单独凭经验可望得到的进步，若无迷信掺杂其间，便不容易接受。”

《瓦尔登湖》的作者、美国作家亨利·戴维·梭罗，在他的另一部著作《野果》中写到：

特别有意思的是，在英国的很多地区，除夕之夜要举行“喊苹果号子”的活动：

一些男孩儿结伴，依次到各家果园，围着苹果树，不断念诵这样的句子：

树根呀，扎得紧紧的！树尖呀，伸得高高的！

上帝保佑，来年丰收。

每枝每丫，苹果个个大；

每棵每株，苹果多又多。

然后其中一位吹牛角号，其余的就在号声伴奏下齐声高唱。在喊号子过程中，他们会用小树枝敲打树干，据说这是对树敬酒的表示，也是对果树女神献祭的古风传承。

看来，虽然果树不同、国籍不同，但人们的思维与行事习惯依然可以找到共通的地方。

“几乎所有前科学文化的信仰中最重要的原则都是交感（sympathy）。简言之，人或物可以被相似的东西治愈，有时也可能是排斥。”英国人理查德·梅比在《杂草的故事》中如此解释这种“迷信活动”，并且举例道：

让骨折的小孩从开裂的树干中间穿过，然后对这棵树进行包扎，便可以加快他骨骼愈合的速度。如果人类舞者模仿动物的交配仪式，便可以让动物更加多产，甚至可能让人类也更加多产。悬挂在花园门上的镜子能够反射光线，因此也能驱走雷雨云。

这种交感巫术的中心思想是类比，即相信宇宙间所有不同的物体都是连接在一起的——这种连接并非指实实在在的接触或环境上的互相影响，而是一种由形及意、单纯通过外在形象造成的影响。

理查德·梅比的这一番理论，或许可以看作“逼果树结果”的一种注脚。

在日本，还有一出与柿子有关的戏剧，十分有意思，不妨也记录于此。

日本有一种古典剧种，叫作“狂言”。代表剧目是《柿山伏》，翻译过来是《偷柿子的和尚》。“山伏”即归隐山林的和尚。

这个剧的大致情节是：

一个隐居的和尚结束在山里的修行，踏上归途。凌晨出发，走了很久的路，饥肠辘辘，寻找食物充饥，这时发现一棵柿树，树上结满了红艳的果子。于是想去偷摘来吃。和尚投石击打果实，果实不落，他只好爬到树上去摘食。柿树的主人是个农民，发现树上枝叶间藏着一个和尚，就故意百般戏弄他。他高喊：“树枝摇动，上边有乌鸦吧？”见没有反应，农夫便说：“没听见乌鸦叫，肯定是人，我挽弓箭射他。”于是，尴尬的和尚就模仿乌鸦叫。农夫说：“仔细一看，树上不是乌鸦，是猴子。”见没有反应，他又说：“没听见猴子叫，肯定是人，我执长枪杀了他。”于是，和尚只好模仿猴子叫。农夫说：“仔细一看，树上不是猴子，是老鹰。”见没有反应，农夫说：“老鹰应该一边叫一边展翅飞翔，它没有飞也没有叫，肯定是人，我拿猎枪打死他。”听见这话，和尚只好模仿老鹰，一边叫着一边放开了双手，结果从树上掉了下来，摔伤了腰。

这个剧目短小精悍，幽默风趣，常常把人逗得哈哈大笑。

柿子的形象也出现在日本的谚语中。比如，“柿子有核，舍不得丢”，说的是吝啬的意思；“猿猴嘲笑柿子红”，意思是猿猴的脸是红的，却笑柿子红，就像是乌鸦嘲笑猪黑一样。

还有一句话，“柿子皮红了，医生脸青了”，意思是柿子是宝贝，吃了柿子，就不会生病了。

卷二

味：巅峰时刻

（文 | 周华诚）

真正重要的是眼睛看不见的东西。

——［法］安托万·德·圣－埃克苏佩里

· 亲密的互惠者

五月的一天，波伦在园子里播种马铃薯，蜜蜂正在开花的苹果树中间嗡嗡飞行。这是一个美好的日子。如果细细地观察，你可以看到蜜蜂在花朵之间忙碌。

蜜蜂一定以为，它是在对花朵行使选择权利。实际上，这或许只是它的一种错觉。事情的真相是：花朵很聪明，它们利用蜜蜂在花朵之间搬运花粉。

人是大自然的主人，人是他与自然关系中的主动者，无非看人怎样来行动罢了——英国作家迈克尔•波伦在他的著作《植物的欲望》中，认为这其实是“人类中心论”的幻觉。这种幻觉从根本上遮蔽了我们对人与自然之关系的视野和深入思考。

波伦从蜜蜂和花朵关系的观察角度进行推演，得出的结论是，人类竟是被狗“驯化”的。狗这种动物巧妙地讨我们喜欢，得以与我们共存在同一屋檐下，所以“如今在美洲有五千万条狼狗，而狼只有一万只”。

那么，人与马铃薯呢？谁在利用谁？

千万年来，蜜蜂与花朵之间那种古老的关系，其实是一个普遍性的“共同进化”和“互为主客体”的典型例证。那些进入人类的农业领域的植物，如苹果、郁金香、大麻和马铃薯，它们用自己发展出来的一系列聪明的做法，把人类变成蜜蜂。所以，植物的驯化，事实上就是以满足人类的种种欲望，来达到它们繁殖并代代相传的目标。

迈克尔·波伦是《纽约时报》的撰稿人，也是《哈泼斯》杂志的特邀编辑。在这本书里，他对植物的描述引人入胜，他讲述了四种日常植物的一些迷人的故事，这四种植物包含了人类与自然界的最为重要的某些联系：

1. 苹果的甜，引诱早期美国人去播撒苹果的种子，给予这种树整整一个新大陆来开花结果。

2. 郁金香的美，在17世纪的阿姆斯特丹变成一种令人着魔的东西，一个荷兰人为了一个郁金香花鳞茎，竟然付出一座房屋的价钱。

3. 大麻使人上瘾，已经导致千百万人去坐牢，然而又刺激了这种植物的栽培者去培植这种作物。

4. 马铃薯则让人想到控制。人们多少世纪以来对大自然的控制欲望，使现代农业综合企业得到灵感，从遗传角度来改良马铃薯。他们把炸薯条变成知识产权。

种种迹象表明，正是因为满足了人类的欲望，植物才获得了遗传上的成功。就如同一对舞者，缺少谁都无法完成一支动人的舞蹈。

比起我们人类，植物的年纪要大得多，它们的进化也要早得多。它们一直在进化，发展新的生存策略，完善它们的设计。

这个过程是如此漫长，以至于说我们是物种较为“先进”的一种，这就真要看你如何去定义“先进”——我们看重意识、工具制造和语言，好像这就是我们进化的目的。事实上，植物已经走完了这些路程，尽管其中有一些走的是另外一个方向：植物是自然界的炼金术，是把水、土和阳光改造为一系列珍贵物质的专家。它们当中的许多植物都超出了人类的想象能力，人类的生产力比它们要低得多。

“植物与人是如此不同。我们要充分认识它们的复杂和精巧是非常困难的。”从这一点出发，人类或许得以重新打量这个世界。“将这些植物视为与我们的一种亲密互惠关系中的愿意合作者，意味着有所不同地看待我们自己，把我们自己也视为其他物种的设计和欲望的对象。”

带着这样的心思，当我走进柿园，仰望树上一颗颗通红的柿果时，或者当我拿起一颗柿子，愉快地品尝它的甜蜜并吐出一枚深色的果核时——我突然意识到，我是否已与这种水果发生了某种类似于契约的关系。

· 柿子的巅峰时刻

柿子红彤彤地挂在树上。这种颜色暗示果子已成熟，它引诱人或猿猴、松鼠、鸟儿去品尝，但是当你真的摘下一颗柿子咬一口时，那突然袭击的涩味会让人感觉遭受了一闷棍。

柿子含有大量的可溶性单宁，它刺激口腔黏膜上的触觉神经末梢，使人产生了“涩”的感受。事实上，“涩”并不是一种味道，口腔黏膜上并没有配置味蕾，但正是单宁刺激了神经末梢，使其产生兴奋，再把信号传输到大脑，人就接收到了“涩”的信息——它在皮肤的表面产生了一种类似于“抓力”的作用。

红酒也有单宁，人们举起杯子畅饮，兴致勃勃地讨论这一款红酒的年份与口感。他们在讨论什么？资深的酿酒师曾告诉我，关于红酒的一切其实就是关于单宁的一切——他这样说显得过于简单，但事实上，当我们用语言描述这一杯酒“口感细腻、具有巧克力般丝滑的特质”时，也正是酒液中的单宁在决定着我们对于口腔中液体的判断。单宁强烈的酒，有人形容它“如大山压顶，举舌维艰”——丹娜（Tannat）、赤霞珠（Cabernet Sauvignon）、慕合怀特（Mourvedre）、内比奥罗（Nebbiolo）等都是重度单宁爱好者喜欢的品种，而博若莱（Beaujolais）相对来说就轻描淡写多了，轻盈如风，没有分量。此外，对于单宁的描述还包括“质感的粗细”“紧致”“融化”“生涩”“丰韵”等，光凭对字面的理解，就好像在触摸一个人的肌肤那样。

用化学老师的话来说，单宁其实是一种多酚，或叫鞣酸，它广泛存在于植物中，树叶、果皮、树皮、树根、果核等部位都有。茶叶有“茶多酚”，茶叶喝起来涩涩的，葡萄酒有“萄多酚”，包括单宁、花青素、白藜芦醇之类的，它们有一个共同的特点，就是抗氧化。单宁含量越多，质量越好的酒，才有可能放的时间越长，并且随着时间的延长，这些成分会慢慢地发生很多美妙的变化。

与其说品饮一杯葡萄酒，不如说是在品饮和玩味单宁。事实上，很多水果在尚未成熟时都含有大量的有机酸——比如柠檬酸、酒石酸、苹果酸，再加上大量的单宁，果子吃起来又酸又涩，无法入口，李子、杏子、桃子，都是如此。只有当这些水果应该成熟时，植物中才会产生乙烯，这种物质会让各个部分纷纷加入成熟的目标——果皮中的叶绿素也逐渐被破坏而消失，绿色被分解了，花青素、类胡萝卜素等红色、黄色的色素显现出来；酸性物质慢慢消散，淀粉则转化成糖分；原本令果实坚硬的果胶，也在消散，水果变软了；还有的酶则使果肉中的一些物质发生变化，释放出某种特定的香味——苹果、桃子、葡萄，都是如此。

与此同时，种子正在快速走向成熟。

或者这样说，当种子真正成熟的时候，这一切才顺理成章地发生。我们常常会在菜场或水果卖场里发现一些被催熟的果实，比如西瓜，瓤是红的，但里面的种子却依然是白的；桃子早已经红得鲜艳欲滴，但里面的果核还没有硬到足以保护种子。诸如此类。如果从一开始就这样，我相信这些品种的水果一定不能繁衍到今天，在残酷的自然界，它们早已经被历史淘汰，只剩下一个缥缈的传说。对于植物来说，拼尽全部的力量与智慧使种子留存下去，才是它们最重要的目的。果肉好吃，只是给它们加分——好吃的果实会让人和动物对它们充满兴趣，从而兴高采烈地帮助它们传播种子。随着人与动物的迁徙活动，种子被带到遥远的地方，在无数不同的角落里生根发芽，生生不息。

“作为一种防范，植物也采取了一定的措施来保护它们的种子躲开它们的合作者的那种贪婪：不到种子完全成熟，它们不把甘甜和颜色发展出来。”（《植物的欲望》）在水果还没有成熟的阶段，单宁、有机酸、果胶都只是它们的自我保护措施。谁愿意“出师未捷身先死”呢？它们在不断长大的过程中，需要时时抵抗这个残酷的世界——防止鸟吃，防止松鼠来糟蹋。植物都是这样在漫长的光阴里一点一点累积出足够的经验，从而在这个冷酷的世界存活下来的。

这是植物的智慧。柿子在慢慢成长，细胞不断分裂、膨大，果实内部不断积累有机酸、单宁、多糖等物质。有机酸是酸的，单宁是涩的，那些又酸又涩的未成熟果实，不仅人类不喜欢吃，动物也敬而远之。它必须把自己低调地隐藏起来，蓄积力量，然后在恰当的时候飞快地成熟。

柿子在没有成熟的时候如此坚硬地挂在树梢，几乎没有人或动物会对它感兴趣。偷吃这样的柿子是需要承担风险的，糟糕的口感让人一尝难忘、望而却步。何况柿子比其他水果更矜持一些，即便乙烯已经全速推进，使果皮的绿色被分解，颜色转变成红色或黄色，使它看起来已经成熟；果实内部的有机酸也逐步消散，但要命的单宁依然集聚其中，迟迟不愿撤退。

任何一枚水果都有自己的巅峰时刻，这样的时刻往往是短暂而难以把握的。拉尔夫•沃尔多•爱默生曾说过：“梨子终其一生只有十分钟最好吃。”柑橘、葡萄、樱桃、覆盆子、菠萝和西瓜，都是“呼吸非跃变型”水果——这个术语的意思是，一旦被从母树上摘下来，它们就停止成熟的进程了。摘下的时候就是最好吃的，什么都不要等了，立即吃了它们，要快。

但是有的水果就不是这样。离开母树依然能继续成熟的果实，它们属于“呼吸跃变型”，比如杏子、桃子、蓝莓、李子和某些瓜类，被摘下后会变得更软嫩多汁，但甜度不会变得更高；而苹果、奇异果、芒果、番木瓜和某些热带水果，被摘下之后会变得更甜。因为这些水果会把其中的某些成分转化为糖分。

很有意思，如何准确判断一枚柿子的美味巅峰时刻，是一件困难的事——当它从枝头被采摘下来时，并不意味着就到了最佳赏味期，大量的单宁依然使它难以入口。我们相信，柿子依然在保护它的种子，使它达到最佳的成熟状态。柿子即便是采摘下来之后，人们也要经过特别的脱涩过程才可以品尝到这种美味。

· 种子的智慧

渔船在白洋淀上游，摇船的大爷夏俊英向我们描述夏天这片水域的美丽风光。此刻尚是早春，白洋淀里四面都是枯黄的芦苇，一些鸟儿起起落落。夏大爷说我们来的时间不对，这个时节不是白洋淀最美的时候。

“你们应该在七八月间来。那时候，芦苇荡子四面全都是盛开的荷花！”

我可以想象大批红莲盛放的情景了。夏大爷说这里全部是红莲，花刚开时，花瓣是玫瑰红的。为什么荷花淀会有这么多的荷花？并非人工种植的，而是莲蓬成熟后，莲子无人采收，自动掉落到水中的淤泥里。等到水位下降，淤泥露出来，而天气一暖和，太阳照射到淤泥，那些经过湖水长时间浸泡的莲子的外壳早已软化，莲子会迅速地发芽，只要几天时间就纷纷冒出叶来。

“如果时机不对，莲子可以在水里泡上十年二十年，那也没有关系。只要时机对了，它们就都发芽。”

之前我听说过，沉睡千年的莲子也可以复活。这确有其事。前几年有杭州的媒体报道，一位姓李的美术学院教授，在一次偶然的机缘中得到几枚从山东济宁北宋土层中发现的莲子。那几枚莲子经考古学家认定，与边上的其他遗迹一道，都是宋朝留下来的东西。李教授对其中三枚莲子进行悉心培育，莲子于五月间复活并生出嫩绿的茎叶来。

所以泛舟白洋淀上，听到船夫说的话，我就想起杭州西湖的千年“睡莲”了。

种子确实是富有智慧的，它们会在合适的时候隐藏自己，并在恰当的时候释放自己强劲的生命力。对于种子来说，每一趟生命旅程都是一次历险。

科学家们还做过一个稻谷种子的发芽实验。两把稻谷，一种是籼稻，一种是粳稻。给两种水稻种子一点点水，观察它们的发芽情况。给水的量逐次递减。他们发现，籼稻跟粳稻比起来，籼稻发芽需要更少的水。

籼稻只要一点水就可以发芽，而粳稻却需要更多的水才能发芽。这是什么原因？科学家做了很多分析。一开始认为，籼稻更能抵抗不良环境。只要给一点阳光就灿烂，这是多大的乐观主义精神啊。

但是后来发现，不对呀——情况刚好相反。籼稻一旦发芽，生长就不可停止，如果遇到恶劣环境就会死亡。而粳稻更聪明，如果条件不充分具备，它就不轻易发芽。事实上，粳稻在某种程度上来说，看起来不那么有气魄，但它才更能适应恶劣的环境，通过忍耐而生存下来。

科学家把这两种水稻，用汽车来做比喻。他们说籼稻就像一辆赛车，粳稻像拖拉机。赛车需要技术高超的人才能开，这样开得快，并且能发挥出它的价值。如果技术烂的人来开，开不好容易翻车。拖拉机的性能虽然不好，但是在什么路上都能持续前进。

这是种子的智慧。说到底，种子就是植物的生命力与自然环境的较量，事关生死存亡，岂能等闲视之。

我们在吃柿子的时候，会吐出一枚枚果核。如果足够细心的话，就能发现它所蕴含的种子哲学。虽然由柿子的种子培育的树并不一定能结出同样优质的果实，但无论如何，柿子树还是能够通过这样的方式得以繁衍。柿子这样一种浆果，在繁衍能力上并不亚于动物或人。

我们都吃过柿子，但很少有机会认真观察柿子的成长。《大嚼科学•植物卷：大豆的N种死法》(郗旺、史军著）一书中的一篇文章，向我们介绍过果肉是如何长成的："通常，果肉是果皮的一部分，而果皮，则是由花朵中雌蕊的子房壁发育而来。"

不过也有一些果实的果肉，是由其他部分发育而来——苹果的果肉，绝大部分来自花萼筒；草莓则来自花托；而菠萝，则来源于花序轴。但无论这些果实从何而来，肉质多汁的特性使得它们归于“肉果”这一大家庭中。

对柿子来说，果肉的来源很“正统”，也就是来自子房（子房壁）。当剥开一朵生长于叶腋处、黄绿色如小钟一般的雌花时，就能看到雌蕊那绿宝石一般的子房，它就是柿子最初的样子了。

“肉果”最吸引人的无疑是那丰满多汁的果肉了。柿子这种浆果，硕大的果肉与汁水包裹着三四枚小小的种子。其色浅褐，质地坚实。跟华丽的外表（不管是柿子摇荡在枝头时的光彩夺目也好，还是采摘下来之后丰润饱满的果肉也好）相比，种子就像一位淳朴而木讷的老人，混混沌沌，人事不知。许多人在吃柿子。他们手上捧着一颗已经脱涩过的柿子，一边撕去果实最外那一层薄薄的膜，一边张口吸食鲜美的果肉与汁水，大快朵颐，继而随意地吐出一两枚果核。果核滚了两圈，粘带着灰尘，滚到了一丛野草的根边。

没有人会注意到，整枚柿果之中，大智若愚的果核才是真正的主角。也许用不了一年，这里便会出现一棵小小的树苗。

· 采摘柿子的绝技

当果实成熟时，它们中的大多数都会“果熟蒂落”。不知是为了方便被吃掉，还是为了即使没被吃掉也能够随着风吹雨打掉落到适合繁衍的大地。种子的这一特性使得它们尽可能地维持了顽强的野外生存能力。

霜降时节一到，太行山深处的柿子就熟了。柿子是这个时节乡村最美的风景。屋前屋后，漫山遍野，抬眼即一盏一盏的小灯笼，红彤彤地挂在树梢。远道而来的鸟儿惊艳不已，起起落落；背着“长枪短炮”的摄影爱好者散入丛林，朝着柿树取景创作。

秋深了。这时候蝉声渐消，气温也一天天降了下来。深秋的树实在值得停下来细细打量，银杏树上那些精致的小扇形叶子正在悄悄起皱、收拢，明黄的“潮水”一遍遍淌过树梢；深山里的枫叶也正在变红；成群的鸟儿站在苦楝树的枝头，一下下啄食那黄色的果子。

柿子树自是深秋里最夺目的风景。柿叶在中国古典文学里，历来就是秋的颜色。白居易有诗句说“今年到时夏云白，去年来时秋树红”。代表秋天的颜色的植物，红叶有枫、柿、乌桕，黄叶有梧桐、楸等。柿叶经霜变红，漫山遍野，十分壮观，也是文人墨客颇爱吟咏的题材。韩愈有诗：“友生招我佛寺行，正值万株红叶满。”《草木缘情》的作者潘富俊说“佛寺中满树的红叶”，指的就是柿叶。唐代诗人李益的“柿叶翻红霜景秋”句，描写的也是深秋变红的柿叶。

古典诗词所言之柿，大都指的是经霜的红柿之叶，不是柿子的果实。这有些奇怪。诗人们大抵是更注重精神上的享受（视觉观感），而轻视实实在在的味蕾体验（吃下肚去）。看来，饮食之道与精神享受相比，不占优势。

当然这是开玩笑的话。柿子对普通山民来说，就是实实在在的生活注脚，是一分一厘的经济收入。山民都盼着一季的柿果成熟，能带来一些切实的经济回报，虽然这样的回报依然需要他们用辛勤劳动的汗水与风险去交换。

柿子成熟以后，高高地挂在枝头。柿子一般不会自动脱离柿蒂。这个时节，山里人最重要的农事之一就是带着工具，进山摘柿子。

西峪村，是太行山脉的一条叫“柿子沟”里的村庄。一听便知，这座山谷里盛产柿子，每年深秋的霜降时节，无数的游客会来到这里，在欣赏美好自然风光的同时加入收柿子的队伍中。但收柿子并不是一件简单的事。首先是因为柿子

柿树山影　刘硕　绘

树都长得很高，且树枝生脆，容易折断。人爬上树以后，站在摇摇晃晃的树枝上是一件考验胆量和技术的事，更何况还要手持工具（通常是一根带有剪子的长竹竿)，去剪下柿果。每年都听说附近的村庄有人从柿树上跌下来，多数人只要贴两副跌打止痛膏就可以扛过去，少数人就没有那么幸运了，有人因此跌断了骨头，不得不卧床好几个月，更有不幸者因此送命。在拜访中就有村民向我们讲述：有一年柿子采摘的过程中，竹竿上的尖锐铁钩不知道怎么回事突然从高处掉落，直往他的身上扎来。所幸有人惊呼或是他感觉到异常，把头一偏，脑袋避开了迅疾而来的铁钩，他的身子晃了几晃，同时伸手抓住近旁的树枝，才没有从树上跌下来。不过铁钩还是扎中了他的前胸。这是不幸中的万幸，如果钩子扎中脑袋的话，说不定他就此送命了。从此以后，这位村民就再也不上树摘柿子了。

山谷里的居民，都有自己独特的工具用以采摘柿子。攀登柿树的梯子是特别改制的，可以说是村民生活智慧的体现。不像常见的梯子有两根长杆，柿树梯子只有一根铁制的长杆，登高的脚档左右两边从长杆上伸出；长杆的一端是一个挂钩，可以挂在树枝上；还有半圆形的环可以扣住树干，保持梯子的相对稳定。熟练的村民，可以单独用这样的铁梯登上枝头。

尽管如此，柿子也大多生长在距离枝干颇远的地方，光靠人的手臂还够不着。这就需要借助另一个工具，这种工具用长竹竿做成，最简易的那种是在竹竿的一端开一个口子，用一根木棍卡在开口中，使竹子的一端保持着分叉的状态。一位有丰富经验的名为“胡子不瘦”的网友，就在他的一篇文章里描述用这个工具采摘柿子的过程：

用竹竿对准柿子的果柄和树枝的地方，卡住，一拧，只听见清脆的咔嚓一声，柿子就被摘下了，这个时候是最该小心翼翼的了，手如果一抖柿子就会啪地一下摔在地上，摔成稀巴烂。需要一点手腕劲儿，缓缓地将柿子放下。在下面接柿子的人，也是满怀期待能够接住一个完好柿子。两手捧着，你别说，还有点神圣的感觉，像捧着一个生命。

采摘柿子至少需要两个人的配合，才能顺利进行：一个采，一个接。在柿子沟，成片的柿林、大量的柿果，要求村民采摘效率更高。他们后来拥有了另一个更为高效的工具：竹竿一端是一个剪子，在剪子一侧还有一个小机关，可以夹住刚刚剪断的带柿子的树枝。这个工具可以保证不因手抖等因素，使柿子意外跌落而摔烂。在地上负责接柿子的人，则双手牵一个大布兜，随着树上人把柿果放落，接的人就眼疾手快地用布兜去承接，并且依柿果下落的惯性，顺势甩出一个恰到好处的弧度，完美地接住柿子并把它放进筐中。

摘柿子人的娴熟配合，常令人赞叹。这种劳作与其说是带有观赏价值的舞蹈，不如说是长久训练培养出来的技艺。所有的技艺都根植于实用的基础。遥远的人们在品尝柿果的甜蜜时，一定想象不到丰收的柿园里曾经发生过什么。

日本纪录片《人生果实》中，主人公英子常说一句话："风吹枯叶落，叶落生肥土，肥土丰香果，不紧不慢，孜孜不倦。"我想，用来形容山民与柿园的春去秋来，光阴流转，也应当是合适的吧。

· 甜蜜的诱惑

除了甜柿，大多数柿子采摘下来时并不好吃，富含的大量单宁使它的味道令人厌恶。然而经过适当的处理，涩柿就会发生奇妙的转化，变成鲜美可口的食物。

这个过程用学术语言来称呼，叫“脱涩”。

在我的记忆里，小时大人常将涩柿与成熟的苹果或香蕉放在一起，装进一个坛子或米缸子里，密封起来。这样过上五六天，柿子就变得香软可口了。为什么会这样呢？成熟的苹果或香蕉到底对柿子做了什么？

其实，这一切都是乙烯在悄悄发生作用。我们已经知道，水果在成熟时会产生乙烯，这种物质会让果实走向成熟。比如，当乙烯到来时，果实“蒂”的细胞也会活跃起来，有的果实稍有风吹草动，它们就会自动脱离母体。成熟果实释放的乙烯，能促进柿子的酶活性及呼吸作用，从而脱涩。

梭罗说，苹果“吃起来再怎么香，也不如闻起来香”；“苹果成熟后散发的香气，尤其在黄昏时分特别浓郁”。正是苹果那难以捉摸的香气，让柿子同赴成熟的盛宴。而一个密闭的坛子，或米缸子，会让乙烯的浓度提高，催熟效率也随之提高，就好像密闭的空间可以密谋很多大事一样。

在中国民间，常用的脱涩方法很多。比如说，柿子与几个苹果混放在一个扎紧的口袋里；或者，顺便再在柿子的蒂周围均匀地戳上几根芝麻秆或小树枝。《便民图纂》一书记载："柿未熟者以冷盐汤浸之，可令周岁颜色不动；熟生柿法：取麻骨插生柿中一夜可熟。"

《本草纲目》还提到温水脱涩法："其生者可以水养去涩味也。"这一方法的具体运用，是将柿果装入清洁的缸内，再注入40℃—50℃的温水，四周用厚草帘包严，温度保持在40℃左右，一夜即可脱涩。

也有冷水脱涩法，也就是民间说的"泡柿子"。网友"胡子不瘦"曾详细描述过这一过程："去田间荒地里扯几根辣蓼草洗净，再摘几片苞谷叶子洗净，找出闲置的酸菜坛子洗净。先在坛子底里放几片苞谷叶子和辣蓼草，再放一层青柿子，再放点苞谷叶子和辣蓼草，这样一层隔一层地放好后，往坛子里倒入山泉水，直到全部淹没，密封好坛子口。"一般三到五天后，即可食用，"再等一天，脆脆的，甜甜的，多吃不上火"。

日本传统的涩柿脱涩法与中国有所不同。在奈良时代的古籍《延喜式》一书中，记载了柿子脱涩的方法——将柿子埋在雪中或是埋在冰中，或是用盐来腌渍。至江户时代，日本开始进行正式的柿子加工，其脱涩方法是将涩柿放入酒坛中，一段时间后可以食用。

除以上提到的几种，还有一些脱涩方法：石灰水脱涩、二氧化碳脱涩、乙烯脱涩、酒精脱涩、熏烟脱涩、松叶混置脱涩、烘烤脱涩、冻结脱涩，等等。

无论如何，甜味才是人最喜欢的味道。“甘甜是一种欲望，它以味觉开始于舌头之上，但它并不结束于那里。回溯一下，甘甜的体验是那样特别，这个词已经成为某种完美的隐喻了……最好的土地被说成是甘甜的土地，最令人愉悦的声音是甘甜的声音，最有说服力的谈话、最可爱的景色、最优雅的人，以及任何整体中最好的部分，我们都用‘甘甜’来形容，就像莎士比亚把春天称为‘一年的甜美’一样。甘甜由舌头提供，而延至所有的其他感觉器官……‘甜’这个词指示着一种与人类欲望相吻合的真实，它代表着这种欲望的实现。”(《植物的欲望》)

正是朝着甜蜜的目标而去，人们想尽办法培育新的柿子品种。当“甜柿”刚来到柿子沟时，西峪村的村民不禁感到惊讶——“从树上摘下来直接可以吃？像苹果一样脆？”这种甜柿子在盛产磨盘柿的柿子沟是无法想象的。

柿子沟属于神星镇，这个镇属于河北保定市的满城区。

磨盘柿在这里可谓历史悠久。这种柿子个大、皮薄、汁水丰富，最明显的特征是柿子腰部好像勒着一条带子，把柿子分成上下两半，看起来就像一对磨盘。磨盘柿属于涩柿，如果不进行脱涩，是不能吃的。

但甜柿不一样，这种柿子一摘离枝头就是甜的，完全不用后期脱涩。别看它的颜色还是青的，好像还没有成熟，咬下去却清甜可口。

几年前西峪村的村民试着引进这种名叫“阳丰甜柿”的新品种。他们把老柿树的枝干截去，嫁接上新品种的枝条，在一百亩的柿园里，百分之八十五的枝条都成活了。到了第二年，甜柿就在枝头挂果了。

老陈家的三百多棵柿子树，一半嫁接了甜柿。柿子成熟的时候，这种脆甜柿吸引了很多外来游客，一斤甜柿卖到了六七元，比原来的老柿子价格高出十倍。

然而也并不是所有人都把老柿树改成新品种。许多人依然对老品种怀抱珍贵的感情，在他们看来，磨盘柿是老祖宗留下来的东西，不管怎么样，必须好好管理。对他们来说，柿子的甜蜜会来得稍微缓慢几天——必须装进密闭的坛子，经过好几个夜晚的等候；但或许，正是因为对甜味期待的延缓，使他们看起来像是更加懂得品尝水果真正的味道的哲人。

· 风干的记忆

新鲜的柿子吃不完，那就晾晒起来，做成美味的柿饼，将美味留存下来。

前两年有一部日本电影《小森林》，其中展示的乡居生活清新简静，令人神往，影片中的主人公市子也做过柿饼。她在冬日里把收下来的柿子一个一个地挂在屋外的绳子上，风干后制成柿饼，与朋友在午后就着一杯热茶，一起分享一份美味的点心。

陕西的柿子很有名。如果秋天乘火车去西安，一马平川的关中大地，农家的房前屋后，常常种有柿子树，树上星星点点的柿子一晃而过，也是一景。柿子多了吃不完，就做成柿饼。小时候柿饼是珍贵的零食，柿饼拿在手里，总是一点一点省着吃，最后总有吃完的时候，剩下一手的白霜，舔着手指头，一脸的满足。

陕西柿子多，柿饼也做得好。现在农家晒柿饼用机器了，自动去皮机，薄而均匀，在秋日的阳光下，一排排架子上摊着柿子，暴晒的果肉渐渐皱缩，直到柿饼外硬内软。这还没

风干的记忆　刘硕　绘

完，关键的一步是上霜。柿饼表面有一层白色粉末，叫作柿霜。柿霜不是淀粉，而是由内部渗出的葡萄糖凝结而成的晶体。这些晶体不易与空气中的水分相结合，因此柿饼表面通常会保持干燥。将晒干的柿饼放置缸中，一层干柿皮一层柿饼地叠放，然后封缸，放在阴凉处生霜。柿饼上霜与环境温度有关，温度越低，上霜越好。

有位朋友的老家是陕西富平的，每年冬天会给我寄一袋柿饼。富平柿饼有名，也有悠久的历史。汉初富平就有种植柿树的习惯。明朝时，富平柿饼的制作工艺已十分成熟。当人们品尝着肉质黏软、柿霜白厚、有韧劲和嚼劲的甜美柿饼时，不一定会想起什么传说，但是如果到了当地，一定会有人告诉你，这富平的柿饼曾经救过朱元璋的性命。

大凡地方特产，都会带出一些类似的传说，以增加其历史文化的厚重感。传说所涉的人物，无非神仙、皇帝。普通人家即使有些故事，也不易流传下来。而故事铺陈的方式，也常采取夸张、搬套、谐音等手法。比如富平为什么盛产柿子，就有一个传说，我简略述之：

很久以前，富平县北有二山，山里住着穷苦山民。老夫妇育四子，前三子相继死去，第四子健壮勤劳、心地善良。后有人介绍一貌美如天仙女的姑娘与之结婚。婚后某一年，女从山外娘家返回，带来枝条，四子把枝条插在枣树上，绑缚起来，次年春开花结果，果子极美。有老人说，果子是四子搞出来的，就叫“四子”吧。天长日久，乃谐音为“柿子”，富平也成柿乡。

传说总是不太经得起推敲。由此传说看来，此果功劳最大者莫过于四子媳妇，而以四子命名之，有点牵强了。不管如何，柿乡、柿饼倒是真的很出名。好的柿饼，口感丝丝入扣，有一种绵甜。富平的柿饼里面还有“流心”(类似于煎荷包蛋火候掌握得恰好时，蛋液尚未完全凝固的状态)。

柿饼多是压成饼状，但有一种柿饼，跟市面上大多数的柿饼形状不大一样。它是一颗色泽饱满的果子的形状。这种柿饼是新鲜柿子被吊着晾晒而成，所以人称“吊柿饼”。我想，《小森林》里的市子姑娘挂在绳子上晾出来的柿饼，或曰柿干，一定也是这样的吧。

有一年秋天我与朋友一起到福建看永定土楼，沿途看到很多晒在太阳下的柿子。河溪边，围墙上，摊晒着一簸箕一簸箕的红艳，把村庄映得红彤彤。还是同一年的秋天，在北京昌平区，也看到村民在自家围墙上晒了两筛子柿子，引得众人围观。主人闻声出来，一定要塞给我一个柿子让我吃。这时的柿子大约已经晒过两天，水分已挥发了部分，吃起来更是清甜无比。

做柿饼都需要保留柿蒂，从采摘、去皮、晾晒，到最终

永定土楼外的柿子　成向阳　摄

制成柿饼，整个过程需要三四十日，委实不易。每年十月到十二月，是制作柿饼的最佳时机，四公斤新鲜柿子才能晒出一公斤柿饼。

河北保定满城区的柿子沟，村民制柿饼的并不多。究其原因，乃是磨盘柿的品种所限。磨盘柿个大汁多，如果要制成柿饼，需要五公斤柿子才能晒出一公斤柿饼，从效益上来说，这就很不合算了。其次，磨盘柿腰部有一条勒沟，不利于去皮。即便是山民自家晒少量柿饼来吃，也是要多费一些工夫的。

在台湾，位于新竹以北的新埔，盛产柿饼。台湾作家刘克襄写过一篇文章，隆重介绍这一当地美味，“在原乡曾经是逃难的口粮，台湾早期则是富豪餐桌上的珍馐。祖先来台时，带来柿子的种子，传承柿饼制作的技术，也传承客家饮食文化之精华”。早年的柿饼，以当地栽种的石柿为主，已有两百多年历史。石柿产量有限，柿饼量不多，制作过程烦琐，价格自是偏高。

新埔“旱坑里”因为天时、地利、人和，是台湾最早、最适宜生产柿饼之地。自1810年至今，已有两百多年的历史，产量占全台湾80%，成为远近驰名的柿饼之乡。刘克襄说，此饼的产生需要强风的擦抚，方能吹拂出好的风味。

“秋末时东北风强劲，俗称九降风。此风急飒，不带湿气，适合风干柿子。青绿带黄的柿子经过去萼、削皮，放在竹筛上。大约一周的日晒风吹，再以手工反复地揉捏，仿佛按摩般，让它再快速脱水，终而辛苦地完制为柿饼。若再烘焙，完全脱水，即成为柿干。”

“过去的经验里，柿饼可看不可吃。那是有钱人家的点心，比苹果还贵的礼物。”不过，如今柿饼早已成为谁都能吃得起的寻常美味。

· 这一口滋味绝美

巴洛克诗人圣阿芒爵士安东尼·吉拉德，爱吃甜瓜几近痴迷，他写道：

哈！快将我扶稳，我快要昏倒！这一口滋味绝美，触动我最隐秘的灵魂。它渗出馥郁甜汁，让我的心田浸淫于狂喜……噢，比金子更珍贵，噢，阿波罗的杰作！果中奇葩啊！性感迷人的甜瓜！

这是献给甜瓜的情诗。“这一口滋味绝美”，用来形容冻柿子的话，也并不为过。我一位朋友离开东北到南方工作、生活，有一天说起自己有多想念家乡的冻柿子，居然情难自禁，打电话给东北家人要求快递冻柿子未果，第二天听说她从水果超市买了一箱柿子，自己放进冰箱冷冻格，做起了冻柿子。

冻柿子有多好吃？大概南方人不会懂。

其实冻柿子、冻梨几乎是东北的普通人家冬天能吃到的不多的水果。在天寒地冻时，由于柿子不易运输贮存，东北人一般会把柿子或梨放在室外，天然冻成冰坨，称为冻柿子、冻梨，然后运输和贮存。

朋友小时候冬天就常吃这两样东西。冬天，常有人开着“半截子车”(东北话，就是那种带拖斗的小解放)，拉着满满一车冻梨、冻柿子上门来卖。20年前，那冻梨、冻柿子差不多都是一块钱五斤。卖的人拿一老式的秤盘子，客人自己挑，自己带上布兜子装。装回来后，像石头一样，扔在院子的空缸里。

东北院子里的空缸，就像冰箱，里面放菜放瓜果，上面盖一个菜墩，或是洗衣盆，为的是防耗子。买回的冻梨、冻柿子，也就是个冰坨坨，怎么个吃法？东北人少不了热炕头。开了门，哆哆嗦嗦地跑到院子里，用盆子装回来。屋子里暖和。冻柿子在盆里，用一瓢凉水浸着，冻柿子的边上就会慢慢地结出一层冰来，像是超市里卖鸡蛋的塑料盒子。人坐在炕上，望着它解冻。

等冻柿子化开的过程，叫“缓”。这个缓的过程，最是难熬。但是，心急吃不了热豆腐，心急也吃不了冻柿子。冻柿子要是用热水化开，滋味全无。非得让它温度适宜，慢慢地自然地缓。还没缓够呢，这边就等不及去啃，那也行，像啃冰块一样，越啃越甜。可是这样啃法，一不小心就把腮帮子啃肿了，因为嘴已冻麻木，失去了感觉。

缓好的冻柿子、冻梨，把薄冰扒开，在皮上咬出一个小口子，那里头是一汪甘甜冰凉的汁水。想想看吧，东北一家人围着个盆，手上捧着一个刚缓好的还在滴水的冻柿子或冻梨，滋溜滋溜地啃着吸着，可以想象那场面的温馨。

其实不只是东北人，过去的老北京也最喜欢吃冻柿子。这柿子，要霜降后才摘下树。柿子直接放在室外冷冻，想吃的时候，把柿子拿进屋放在冷水盆缓。冻柿子缓过来以后，那汁水缓缓地涌入口中，更清凉更甜蜜，所以老北京管吃冻柿子叫“喝了蜜”。

柿子味甘性寒，可以润喉止咳，最重要的是物美价廉，古来就有“色胜金衣，甘逾玉液”的说法，它成为老北京人在冬季必吃的“零食”，毫不奇怪。

现在家家都有冰箱，想吃冻柿子也不是一件难事了。放在－18℃急冻保存，可以完整保留柿子的营养与口感，取出后静置一小时，吃起来口感最佳。

· 黑暗料理

“秋柿，半黄，每取百枚，盐五六两，入缸腌下。入春取食，能解酒。”

这是清代医家顾仲在《养小录》里记录下的“腌柿子”。顾仲，浙江嘉兴人，号浙西饕士，其素重养生，倡导饮食必洁且熟，有理有节，遵生颐养，以和于身。

顾仲的腌柿子，用今天的菜谱语言来说，是这样操办的——选取秋天半黄的柿子，每取一百枚柿子，用盐五六两，放到缸里腌制。到了春天取出食用，能解酒。

《养小录》的资料很多是从《食宪鸿秘》征引的。后者是清代一部重要的饮食文献，共二卷，附录一卷，传为清代大学者朱彝尊所撰，成书于康熙年间。其内容比较丰富，以记载江浙风味菜肴为主，兼及北京及其他地区，也记载有诸种点心、果品、饮品、佐料的配制、食用方法及其食疗保健作用。全书分作两卷，涉及饮、饭、蔬、果、鱼、禽、卵、肉等15属。翻查该书，果然找到“腌柿子”条，除“入春取食”少一“入”字外，殊无二致。

另一部清代食谱《调鼎集》，所涉“柿”条最全，但也不长，兹录于下：

柿（七月、八月有）

红柿摘下未熟（疑缺“者”字），每篮入木瓜二三枚，得气即发，并无涩味。又，每柿百枚，用矿灰一升调汤，浸一宿，味不涩。若迟用，将汤停冷浸之。又，柿又熟，味涩不可食，肥皂能熟之。每生柿百枚，用肥皂二枚同放盆中，二宿即熟。

柿饼：蒸熟，压扁去核，洒洋糖。柿饼略蒸，更觉软熟可用。充假耿饼者即此法。

柿条：切条或切各式花式，嵌胡桃仁。

柿霜清隔膏：柿霜二斤四两、橘皮八两、桔梗四两、薄荷六两、干葛二两、防风四两、片脑一分，共为末，甘草膏和入，印饼。

制柿：生柿入缸，用滚水泡一宿，次日即熟。又，去皮捻扁，日晒夜露，候至干，晒纳瓮中，待生霜，取出即成柿饼。又，取半熟方柿，用香油炸之，甚佳。又，糯米一升，大柿一百个捣烂，同蒸为糕。或加枣去皮，煮烂拌之，则不干硬。又，柿饼烂，加煮熟腌肥肉条，摊春饼，作细卷，切段。又，单用去皮柿饼作馅亦可。

琥珀糕：柿核（疑为饼字）浸透，去皮磨粉，和冰糖水、熟糯米粉，印糕。

这一部《调鼎集》原藏于北京图书馆，集中国烹饪文化之大成，蔚为大观，乃史籍所罕见者也。经考证，《调鼎集》系清代乾隆嘉庆年间扬州盐商童岳荐撰著。童岳荐，据清朝李斗在《扬州画舫录》中记曰："字砚北，绍兴人。精于盐荚，善谋画，多奇中，寓居埂子上。"

这部食谱，是我见到收集柿子食谱最全的古籍，其中含有去涩之法，又有柿饼之法、柿糕之法，都有点像小吃。其中"取半熟方柿，用香油炸之，甚佳"，以及"柿饼烂，加煮熟腌肥肉条，摊春饼"，又实在有点"黑暗料理"的意味——我没吃过，不知其味道如何。

对于柿子这样的水果，用煎、炸、爆、炒等中国传统烹饪手法制作，觉得有些难以想象。不过中国地大物博，各地饮食习惯差异甚大，关于柿子的吃法也很是有趣。比如《食宪鸿秘》和《养小录》中都提到的"腌柿子"，也有新的版本，有一位朋友就说：

"柿子变黄以后，摘下来和辣椒、酸菜等一起放在泡菜坛子里泡，一直泡到冬天就可以开坛吃了。吃的时候，去皮，切片，撒一点白糖就可以，味道别提多美了。这种吃法别说城里人，就连农村人有些都不知道。”

这不是“腌柿子”，倒是可以称为“泡菜柿子”。

还有一种吃法——“烧黄柿子”，或曰“烤柿子”，也相当奇特：

“柿子变黄还没有完全脱涩的时候，就可以烧着吃。看着柿子不停地冒着热气，一股柿子的香味就会飘过来。烧熟后吃上一口，顿时心里美滋滋。”

贾平凹有个短篇小说《主任》，里面写到一种小吃“柿子油饼”：“原本请史胖子喝酒的，却让史胖子请了我，我心里总觉得过意不去，从乡下返回时带回来了一些软柿子，我就让妻做了柿子油饼给史胖子送些。”

柿子油饼，看来西安人常做。但此物是不是就是久负盛名的“关中名点”黄桂柿子饼？

西安城里到处可见卖黄桂柿子饼的店铺。黄桂柿子饼却不是晒干的柿饼，而是一种风味小吃。黄桂柿子饼也叫水晶柿子饼，是一种用柿子和面，烙制而成的点心。色泽金黄，饼心绵软，馅料色彩绚丽，柿桂芳香扑鼻，入口黏甜芳香。

做黄桂柿子饼的工具也简单：火炉子和平底铁锅。制作也不难：把去蒂剥皮的火晶柿子肉用箩网滤成柿子浆，与面粉一起和成软面团，包入黄桂浆、豆沙做成的馅料，拍压成一个个小圆饼，平底锅放油，将小饼煎至两面金黄就成了。

如果店铺的旁边再有几棵柿子树，既有味又有景，生意就更好了。据说，西安一些老铺子，常常在秋天大量收购新鲜柿子，去蒂后，一层层码放在后院的大缸里，可以久储不坏。于是从十月到来年春天，随取随做，即便是大雪纷飞，也有滋滋冒着热气的柿子饼出锅，引得路人驻足。

陕西流传着黄桂柿子饼的传说，与闯王李自成有关。

相传李自成起兵之时，关中正值灾荒之年，粮食缺乏，临潼的老百姓为了慰劳义军，使用当地盛产的熟透了的火晶柿子，拌上一点面粉，烙成饼子，供起义军作干粮。这柿子饼香甜可口，抗饥耐饿，义军官兵食后精神抖擞，斗志昂扬，一路势如破竹，直取北京。

不管这柿饼是从什么时候开始有的，但它很快传遍关中各县，成为人们喜爱的食品。好吃的东西自然会传世，一年年一代代地在民间流传，最后成为现在的黄桂柿子饼，成为驰名的风味小吃。

还有一句顺口溜，“软柿子摸窝子，顶个火锅子”，在河北涉县流传。

“软柿子摸窝子”是什么？是当地农村人在秋季柿子熟透时必尝的一道特色美食。其做法是把玉米面沸水和团，捏成圆饼，煮熟或蒸熟，食时窝饼上摊上柿子一起吃。那味道，甜爽可口。有小孩的家里，为了防止小孩吃时柿子从窝饼上滑掉，还把窝子捏成中空的篓子形，把柿子放里面吃。

同样是小吃，在河北保定市满城区的柿子沟，还有一种“炸叉果”也跟柿子有关，同样令孩子们嘴馋不已。在满城区广播电视台工作、老家在柿子沟里的神星镇寺角村的张丽双，特意写了一篇文章来回味这道小吃。

“妈妈把炸出来的最漂亮的、最大的叉果装在盘子里，四盘一组摆在天地桌上、灶台上和祖宗的供位上。每天早晚会很虔诚地上香、磕头，有时候嘴里还会小声地念叨着心里的愿望，祈求神灵和祖先保佑一家人平安、顺利，更多的是保佑我和弟弟学业有成。赶上大年初一、正月十五和立夏庙，妈妈还会起大早去南峪的南山和村里雹山庙去烧个头香，求个好彩头。在这些供奉神位的地方，一定会有供品，而这些供品远没有现在讲究，但是炸叉果一定会有。”炸叉果是当地春节、庙会的必备小吃，不上餐桌做主食，只作为茶余饭后的一道零食。最早的记忆，炸叉果是一道祭祀用的供品。

在这篇文章里，张丽双深情地写道：“小时候只知道炸叉果好看又好吃：有凤凰、风车、小鱼等各种形状，特别是那些巧手的奶奶们做的那叫一个漂亮，有时候真的不忍心咬下去！吃起来一咬嘎嘣脆，甜里带着点咸味儿，久吃不腻的感觉，一不留神，两大盘子常被我一个人吃光了。现在想起来也会有一种想流口水的感觉。”

做炸叉果小吃，经常用到冻柿子。“柿子化开了，妈妈把柿子皮、籽和蒂去掉，然后加入面和少量的醋、盐，炸叉果放柿子比放红糖的味道要好，颜色也更好看。”

如今日子好过了，节令食品更是五花八门。但即便如此，炸叉果在柿子沟的年节里依然有着牢固的地位。春节期间如果你有机会去柿子沟，一定要上当地人家里尝一尝这道别具风味的小吃。

卷三

雅：艺文鸿爪

（文|郭琳）

当你从头到根弄懂了一朵小花，你就懂得了上帝和人。

——［英］丁尼生

· 大唐的柿子

汪曾祺当年写唐宋人的吃喝，提到五代顾闳中的《韩熙载夜宴图》：“主人客人面前案上所列的食物不过八品，四个高足的浅碗，四个小碟子。有一碗是白色的圆球形的东西，有点像外面滚了米粒的蓑衣丸子。有一碗颜色是鲜红的，很惹眼，用放大镜细看，不过是几个带蒂的柿子！”

那场夜宴，是中书舍人韩熙载演给南唐后主李煜的一场戏。李煜登基之后，很想任用韩熙载为相。但韩熙载看着这破败的江山，中原又对江南虎视眈眈，实在不想做个亡国之相，于是便开始过起了荒诞的日子。他在家里蓄养数十家伎，夜夜笙歌。李煜派去参加夜宴的宫廷画家顾闳中和周文矩，凭着印象，回来便画了这五幕的《韩熙载夜宴图》。

汪曾祺一句“不过是几个带蒂的柿子”，让人想到鲁迅在《人话》里，假托浙西人的口讲的一则故事：“是大热天的正午，一个农妇做事做得正苦，忽而叹道：‘皇后娘娘真不知道多么快活。这时还不是在床上睡午觉，醒过来的时候，就叫道：太监，拿个柿饼来！’”其大惊失色的程度，简直是在说，呀，原本以为是个笑话，竟然发现皇后娘娘的日子真就是这样！

大概是因为柿子实在是再土不过的果子了。

柿子在中国的种植历史已经有三千年，也就是说，三千年前，中原就把这果子给改良了。在司马相如笔下，西汉的皇家自然公园上林苑中，柿子就是“主力军”之一；而在20世纪70年代，考古学家在湖南长沙马王堆三号汉墓中，还发现了柿饼——连深加工都已经出现了。

外来的和尚好念经，原也正常不过。西域远道而来的葡萄，能让唐德宗的宰相杨炎对它许诺：“你若不涩，我就让你当太原尹！”荔枝更是不必提，一骑红尘，只为贵妃一笑。樱桃？大唐皇家的樱桃宴，那是出了名的。王维当年写诗记录：“才是寝园春荐后，非关御苑鸟衔残。归鞍竞带青丝笼，中使频倾赤玉盘。”那年宗庙献祭完毕，唐玄宗将樱桃赏赐百官，于是一片繁忙，鲜美的樱桃被宦官倒入青丝笼中，由大臣们各自带回。

柿子？

柿子怎么了？！柿子，也是很被人惦记的。大唐茶圣陆羽的《茶经》里说到“七诲”：蒲桃（葡萄）、宛柰（花红）、齐柿、燕栗、峘阳黄梨、巫山朱橘、南中茶子、西极石蜜。“七诲”的说法其实来自三国时刘表的幕僚傅巽，看其“地域”+“果子名”的结构组成，相比这七样果子，柿子在傅巽眼里是极具诱惑力的。

而柿子在豪门韩熙载家宴的不俗表现，更是明证。

大约也是在唐代，柿子传入日本，成为日本的舶来品，可见“洋”和“土”，也是相对的。

不过，相对于红彤彤的柿子，唐代的文人似乎对肥绿的柿叶更感兴趣，比如白居易。元和十年（815）某日，白居易早朝完毕，回到家，一觉睡到大中午。他此时的官职是太子左赞善大夫，闲职，给太子提些建议之类的，因此不必像同僚那样赶去办公。起身时，正是雨后天晴，“柿树绿阴合，王家庭院宽。瓶中鄠县酒，墙上终南山”（可见唐朝那会儿，庭院里种柿子树就很寻常，夏来遮阴，霜天一片肥绿换作一树火红）。白居易索性敞开衣襟，任微风吹拂着。这“要语连夜语，须眠终日眠”的日子，才叫一个人生！

“小杜”杜牧则在那个中秋节的清早，对眼前的景象大发了一回感叹：“楼齐云漠漠，桥束水潺潺。过雨柽枝润，迎霜柿叶殷。”那时候他正走过东都洛阳皇城南的天津桥，也是雨后初晴，河边柳树摇曳生姿，柿叶在秋霜里红得热烈。

柿叶竟还有过励志故事。

唐人段成式在他笔记小说《酉阳杂俎》里写到柿子的七宗妙处：1. 柿子树长寿；2. 树荫又大；3. 鸟儿不喜欢在上面

筑巢；4. 不太招虫子；5. 待到柿子挂满树时节，又是另一种美；6. 美味；7. 柿子叶肥大，还可以用来写字！

“落叶可书”，说的就是唐代诗书画三绝的通儒郑虔。据说郑虔少年时天资过人，却家贫，常苦于无钱买纸。某回偶见大慈恩寺里存了几屋子柿叶。寺院为什么要储存柿子叶，是个谜，但郑虔从此就每日取来练书法。天长日久，竟将数屋柿叶练完。后来他曾自写诗并作画献给唐玄宗，玄宗在后面题：郑虔三绝。此事记录在《新唐书》里，正史，可信度是高的。虽说在柿叶上练字的，郑虔未必是第一人，但只有他，写出了名堂。

从此一众文人墨客见到柿叶，便下意识地觉得这是再雅不过的纸。

诗人畅当在夏天去寺院，写下：“古刹栖柿林，绿阴覆苍瓦。岁晏来品题，拾叶总堪写。”

而诗人戴叔伦那日去访友人，没碰上，看着眼前风景坐等，渐渐地，便“坐久思题字”起来，却又“翻怜柿叶稀”，大约此时，柿子已经开始红了。

不过最有名的郑虔的追随者，应该是几百年后的北宋书法家苏轼——那时候苏轼刚受过一劫，被贬黄州，生活困顿得不行。于是，柿子叶便顺势做了苏轼的纸：“我贫如饥鼠，长夜空咬啮。瓦池研灶煤，苇管书柿叶。”以芦苇做笔，柿叶为纸。不过，对于那时候的苏轼，“苇管书柿叶”究竟是因为潦倒，还是在日子里找出清趣，或者两者兼而有之，难讲。

不过，可以肯定的一点是，柿子到了宋代，依旧会出现在豪门贵胄的重大宴席上——清河郡王张俊可以证明这一点，那日，他宴请的是宋高宗赵构。这是后话。

· 宋人与柿子

《说岳全传》第七十七回，金兀术大败退出关外，在界山遇到驻扎此地的金国元帅山狮驼。山狮驼果然是个人物，接连胜了岳家军几仗，眼看着又大败王英，危急时刻，牛皋赶到，与山狮驼对面排开阵势。那山狮驼道："呀！原来你就是牛皋，可晓得我山狮驼的厉害么？"牛皋道："凭你什么山狮驼，遇了我牛老爷，就打你做个熟柿饼！"

"熟柿饼"的比喻，实在是充满了喜感——把柿子削去皮，大太阳晒它个七荤八素，直到成了干瘪瘪的一块。至于柿饼外面披着的那层白霜，可以说是太阳留下的印记，以示"立此存照"。虽然牛皋此番未能得偿所愿。

《说岳全传》虽然要到清代才成书，但岳家军的故事，在南宋时期就开始流传了。历经元明两代，在民间受到极大的欢迎。不过，南宋猛将牛皋能说出"熟柿饼"，倒也很合乎情理——牛皋是河南农家出身，而河南正是柿子的重要产地之一。作为此间出来的一条汉子，阵前大喝一句"打你做个熟柿饼"，简洁地传递了己方的信号，产生震慑，有效地碾压对方的气势，并且风格也极符合牛皋：一望而知，性情中人。

宋朝当然是有柿子的。

南宋绍兴二十一年（1151），清河郡王张俊办了一场家宴，宴请的对象是宋高宗赵构。

张俊，南宋中兴四将之一，曾是岳飞的上司兼伯乐，后来岳飞迅速崛起，二人逐渐不睦。岳飞以“莫须有”之罪被杀害，张俊是重要参与者。这其中当然也因为政见不合——张俊是主和派。不过那已经是十年前的事了，此刻的清河郡王，一门心思都在皇帝驾临这件事上。虽说当年有拥立之功，也已经跟随了赵构几十年，整个人生轨迹都颇合圣意，但伴君如伴虎，何况还是南渡的赵构。这场家宴，不必说是赵构的恩威并施，必须谨慎再谨慎。

那场极尽奢华的宴席上，不提正餐，单单正宴开席前各式消闲果子，就有一百多种，其中就有红柿子。

赵构对这场巡幸相当满意。最要紧的，自然是张俊在席上的妥帖应对，当然还有宴席后恭恭敬敬呈上的豪礼：金玉古玩书画不在话下，单说那雨过天青色的汝窑，大大小小就有十六件——即便在南宋，那也是稀罕之物。

红柿子？不过是豪宴“果子集团军”中一员罢了。但那又如何？照旧，柿子成为那一幕的见证，也随着宴席菜单的存世，在史册留了一笔。

有一个问题：虽然在那日的宴席上，柿子不过是“大阅兵”中走过场的“小卒子”，但若是真的被拉出来演练，又将如何应对?

实在很难想象在那样的正式场合，一个柿子被大剌剌地拿起，剥了皮直接咬的情形——若是脆柿，倒还说得过去，削皮切片就是；但要是汁水满满的虎柿（火柿），就完了！不必说手上唇边，衣服倘能安然无恙度过这一遭，都是厉害的。

一种比较文雅的吃法：把柿子的蒂慢慢拧下来，用小调羹轻轻掀开皮。要掀得仔细，最好是将柿子皮朝四个方向小心展开，如同一朵花儿的绽放。这时，柿子瓤便袒露在眼前了。便用小调羹从里面掏出果肉来，从中央向四围探去，并暗中寻觅那几瓣脆滑的芯。万一有汁溢出？当然有下面接着的小盘。

话又说回来，这般吃法，雅致是挺雅致的，但似乎又不够大快朵颐，所以吃柿子更自在的场合，也许还是在宋人的市井坊间里。新摘下的柿子，放家里捂上几日，就差不多了。于是眼馋的小孩儿总用手指去捏，盼望着第一时间啜上那蜜甜的一口。

至于多到吃不完的柿子产区？宋朝子民从不缺乏对柿子制品的想象力，柿子酒、柿子醋……待到那一声“松阳县软柔柔白璞璞蜜煎煎带粉儿压扁的凝霜柿饼……”吆喝出来，

柿子　刘硕　绘

简直是要让过往游人猛咽几回口水的。而此时，柿子已经妥妥地远赴他乡了。顺便一说，那一句吆喝里，宋人的广告意识扑面而来：在一长串形容词前面，是宣传对象——松阳县。

孟元老的《东京梦华录》里也有说到当年北宋汴梁市集上的“柿膏儿”。“柿膏儿”是什么呢？听着同柿饼差不太多，又或者是压成泥后再加工做出的蜜饯。三五个小碟子，配上茶酒，瞧瞧，东京汴梁的日子！

在身在朝廷心在山水的宋代文人眼里，这山野货，又有了别样表情。

南宋诗人杨万里咏柿咏得最是直接：“冻干千颗蜜，尚带一林霜。”十个字，不动声色地道出柿子的诸多脾气：1. 要等到天气冷了，才登场；2. 倒是不娇贵，产量大；3. 甜得可人；4. 柿霜（也许还在隐喻士大夫堪临霜雪的气度）。至于软糯这一点，杨万里则在下一句里提到了“吾衰喜细尝”——岁数大了牙口不好，照旧不妨碍细细地品尝那带着一丝特有的涩的蜜甜。

而北宋僧仲殊的诗句：“味过华林芳蒂，色兼阳井沈朱。轻匀绛蜡裹团酥，不比人间甘露。”不知道是在说柿子，还是在说女子。僧仲殊也是个不寻常的角色。其本名张挥，据说因为年轻时放浪形骸，常年不归家，某回几乎被独守空房许久的妻子下鸩毒害。侥幸捡回一条命，于是出家为僧，先后寓居苏杭寺院。他才情出众，书法也了得，同苏轼关系不错，二人在苏杭时，经常一块儿喝酒游湖，往来酬唱。

然而，苏轼在柿子问题上，又是另一种表现。

身为北宋顶级文人（兼顶级食客），苏轼的记录中既不乏“红柿摘下未熟，每篮用木瓜三枚放入，得气即发，并无涩味”的实用性指南；也少不了“柿叶满庭红颗秋，薰炉沉水度春篝。松风梦与故人遇，自驾飞鸿跨九州”这样的跳跃——一觉醒来，瞧着一院子红彤彤的柿子，鼻尖还有熏香的余味缭绕，想起刚刚在梦里和老朋友会面的天马行空，简直要大笑三声！

却也不止于此。

元丰三年（1080），苏轼在给友人秦观的一封信里写道：“我住的地方（黄州），对岸就是武昌，山水简直妙绝！不过江面上风浪大，我若过江去，往往不能当天回来，常常就住在武昌城的王生家。王生老家也是四川（苏轼是四川眉州人），我有时候在他那儿一住几日，他杀鸡加菜，从不嫌麻烦。樊口那边，有一家潘生开的酒馆，坐着小船就能到。那里面的酒虽说是村酿，味道，啧啧！不唯如此，此地柑橘、油柿极多，芋头竟有一尺来长，同蜀中比，毫不示弱……”

只读这一段，苏轼这情形，简直就是在黄州度假。但他在此间提到柑橘、油柿，提到故乡蜀地，秦观知道其中的几分心下凄然。

苏轼此时所在的黄州，实则是他的贬谪地。就在一年前，因为“乌台诗案”，苏轼在狱中待了一百零三天，连给弟弟苏辙的绝笔都留了。幸得多方保全，太后也出面为他说话，宋太祖赵匡胤又有“不杀士大夫”的国策，这才躲过一劫。随即被贬黄州，做个没权没钱的团练副史。初到黄州时，朝廷的薪水甚至都已停发，只能靠微薄的存款扳着手指养活一大家子。

不过苏轼的心大也是出了名的：即便是无边落木萧萧下，狼狈不堪，也能悠闲自处，过上高兴日子。后来有朋友为他要了块荒地，位于黄州东郊，于是他在此间山坡上开垦种菜，自给自足。“东坡”的号，也从此时开始。

苏轼给秦观写信前不久，和弟弟苏辙碰过面。兄弟二人感情极好，苏辙当时亦遭贬谪，寻着机会来见一面。

几年后苏轼被起用。再过几年，照旧逃脱不了被排挤——元祐六年（1091），还是当年文字狱的套路，有同僚从他的诗里找出“影射”内容，弹劾他在神宗死后“作诗自庆”。于是苏轼上奏章辩解，并再度请求外调，远离是非中心。不久，他以龙图阁学士出知颍州。

虽然这次离京还不算太糟，但要同苏辙离别（苏辙此时亦任京官），心中太多不舍。在《别子由而去》诗中，苏轼回忆兄弟二人这三十年的聚少离多，在诗的末尾写道："我欲自汝阴，径上潼江章。想见冰盘中，石蜜与柿霜。"并在后面作注："予欲请东川而归，二物皆东川所出。"

那一年，苏轼五十六岁了。他想，经历了那么多了，不如就从汝阴（颍州）回东川（四川）吧。多想尝尝东川的石蜜和柿子啊。

或许是想起了少年时，与苏辙一道谈论文章、爬树摘柿子的情形。

· 齐白石的柿子

1939年春节，北平。

齐白石的家门上贴了一张纸条：“白石老人心病复作，停止会客。”

其实，并没有什么问题。他原是有点心脏病的，但不严重，说到底是为了一个“躲”字。他平日里深居简出，极少与人交往，饶是如此，也不堪日伪之扰：来请饭的、送礼的，或是邀请去参加什么庆典的。就找个借口，把清静关在门里面。“心病”二字，不必说，自然另有意思。

但家计总要维持。无奈过了些天，只能在纸条上加了一句：“若关作画刻印，请由南纸店接办。”过了年，又在大门上加贴了一张：“中外官长，要买白石之画者，用代表人可矣，不必亲驾到门。从来官不入民家，官入民家，主人不利。”以示对日伪的不欢迎。

北京沦陷已经三年。这年，齐白石在家里画了一幅柿子图。

原本也没什么，齐白石喜欢画柿子也是众所周知的，还

好柿成双　齐白石

柿柿如意　齐白石

自号“柿园先生”。他喜欢吃柿子，更喜欢那柿子蕴含的彩头——谁又不呢？一到深秋时节，北平的柿子就红了，街头巷尾的柿子树上都挂满了这红艳艳的“灯笼”，满满地透着喜庆。等到腊月年关，当然更是要讨个“事事如意”的彩头，这是自古以来的规矩了。两个柿子叫“好事成双”；柿子和桃子在一起，叫“事事顺心”；柿子、百合和灵芝一起，叫“百事如意”；若是换成了柿子、灵芝和万年青，就是“万事如意”了。

但在齐白石这年画的柿子图中，有一些特别：画的右下角，是两个北平最常见的大方柿子，浅浅的橙黄色，还不到吃的时候，要再捂一捂；柿子旁是四个大芋头，芋头顶上的皮已经被剥去，露出白里透红的芯。画的左上角，是他题的四个字：“事事（柿柿）遇头（芋头）。”其中心思，大概一目了然吧：那些愤懑的日子，该过去了吧，快点过去吧！

画里，柿子和芋头透着的饱满，似乎还能闻到香气。想象那被焐熟、被煨熟后的软糯，就是拿到今天，依旧招人喜欢。很难想象竟出自那样的年代。

但这就是齐白石。在最坏的年月，都不能失了希望。逢凶，化吉。

这年，他80岁。

齐白石是55岁到的北京。

27岁之前，他不过是湖南乡下的阿芝。幼年时也跟着祖父认过字，家里没能力供他读书，只读了一年私塾，便辍了学，在家里砍柴放牛，学学种田。日子就是在乡野田间，在虾子、芋头、白菜中度过的。15岁，家里送他去学木匠，手艺傍身，总是好的。但他身体不好，只能学学细木工活儿，学学雕花。做得倒是不坏，闲来也画个画、纹样什么的。有一年在一个主顾家，无意中得了一本残本的《芥子园画谱》，这下，见了宝贝，从此反复地临摹。画谱上的花鸟鱼虫被用在了雕花上，渐渐名声大涨，十里八乡都叫他“芝木匠”。

“芝木匠”的生涯，在27岁那年宣告结束。那年在主顾家，遇到了寿三爷胡沁园。寿三爷看中了这个天赋异禀的年轻人，但觉得他欠些内涵，便劝他不如开始读书学画。

他问:“不晚么?”

寿三爷说:“你是读过《三字经》的。苏老泉，二十七，始发愤，读书籍。”

齐白石就在胡家住下，开始正经学画读书。

胡沁园看中的乡下阿芝，自有乡下阿芝的灵气和骄傲。那日胡家藕花吟馆前牡丹盛开，众人赏花赋诗，让他也来一首。牡丹是富贵花，不是阿芝所能熟悉的，但他竟大着胆子写了，让众人对这个才开始接受文人教育的年轻人大感惊讶，他写："莫羡牡丹称富贵，却输梨橘有余甘。"梨和橘子，在湖南大概是最平凡不过的山果。

少年的困苦，木匠的岁月，从不曾成为他难以启齿的经历，却是他的灵感之源，那句他挂在嘴边的话是"有钱难买少时贫"。

40岁，第一回走出湘潭，去西安当家庭教师，教人画画；后来去广东，也是教画先生。却也在主顾家里看到了不少画，开了眼界。那不慌不忙的劲儿，已经不能用"缓慢"描述。

直到55岁，他终于下决心，去大世界闯闯。1917年，他来到北京。

齐白石后来画过一幅《六柿图》。钤印是"齐大"，款识是"枫林亭村童年近九十"——90岁时，他自称是枫林亭的"乡下野小孩儿"(村童)。

那幅画里，六个大方柿在竹框子里，三个青的，一个已经橙黄了，眼见着就能大快朵颐，还有两个正在努力变黄——那敦实劲儿，仿佛从中能看见几日前送柿子来的朋友憨憨的笑。

不过，那种鲜活自在的色彩，是齐白石到北京后，遇到陈师曾之后的事。若非如此，他的柿子大概也是像南宋禅僧牧溪的《六柿图》那样，清淡，没有色彩。

六柿图　齐白石

牧溪《六柿图》，也许是中国绘画历史上最早的柿子图。

六个柿子在画里斯斯文文地排列着，圆的方的，看模样像是南方的火柿，但只是用或浓或淡的黑白墨色勾勒。五个排成一行，在后面，一个略扁的，排在前面。并不拘谨，但似乎总是少了那么一股亲热。柿蒂上，树枝还留着一截，像是书法上工工整整的一横，也是奇特。更特别的是柿子背后的巨大留白。

不禁让人想起禅宗的“本来无一物，何处惹尘埃”。

那六个柿子，到底是那个秋天牧溪和尚见到桌上的柿子可爱，心生欢喜，还是季节到了，想吃柿子？又或者是在隐喻佛家的“眼、耳、鼻、舌、身、意”(即“六识”)？

柿子的排列，究竟是有心还是无意?

至于柿子们背后的那一片空寂，又是不是在暗示禅宗的大千世界?

说不得，说不得。

牧溪禅画的枯淡、空寂，在流入日本后，深刻地影响了日本美学，也在几百年后，影响了明末那位著名的王孙、遗民——八大山人朱耷。

齐白石后来回忆初到北京时的窘迫时说：“我那时的画，学的是八大山人冷逸的一路，不为北京人所喜爱……我的润格，一个扇面，定价银币两元，比同时一般画家的价码便宜一半，尚且很少人来问津，生涯落寞得很。”

却在不久后遇见了陈衡恪，也就是梁启超称为“现代美术界，可称第一人”的陈师曾，陈寅恪的兄长、陈三立的长子。

陈师曾早年留学日本，前些年，通过翻译日本一些文章，对欧洲画坛的最新动向颇为熟悉。当时的法国，“野兽派”正盛行一时。艳丽狂热的色彩，其中蕴藏的生命力，同中国的黑白水墨世界，是巨大的对比。

陈师曾去访齐白石，看了他的画，劝他何必媚“雅”，不如画出自己的风格来。

一语点醒了齐白石：便是学成了八大山人又能如何？不过八大山人第二——牧溪的柿子，是牧溪的柿子。齐白石的柿子，也该是齐白石的柿子。

从此渐渐从心所欲作画，也开始有了大胆华丽的色彩。市井？市井有市井的洒脱和天真。“野狐禅”？那索性一野到底!

于是齐白石变通画法，创红花墨叶一派。

陈师曾受邀去日本参加画展时，还特意带去几幅齐白石山水画，二尺山水画卖到了250块银圆。后来他又将齐白石的画推介到巴黎艺术展览会上。

60岁，齐白石终于跻身于一流画家行列。更奇特的是，他的画竟从此再没有下坡，直到90多岁，一路走高。

有一个历时已久的传闻，关于毕加索对齐白石的评价——毕加索说："我不敢去你们中国，因为中国有个齐白石。"不管真假，毕加索对于齐白石的佩服，却毋庸置疑。1956年张大千去拜访毕加索，几次都未果，后来二人终于见面时，毕加索却搬出五本画册来，每册三四十幅，都是毕加索用毛笔作的水墨画，且都是模仿齐白石的笔触和画风："中国画真神奇啊，齐先生画水中的鱼，没一点色；一根线画水，却使人看到了江河，嗅到水的清香。真是了不起的奇迹……"

毕加索几乎用了一生，学怎样画儿童画。

而齐白石似乎从来没有离开过那种天真。在他的画里，人们可以轻易地回到生命的原点。他的画里的虾子、小鸡、水牛、白菜、丝瓜、柿子，如他说的，没有他不熟悉的东西，也没有不凡——有的，只有那些真实存在的平凡日子。

·老舍与丹柿小院

1953年，老舍托人特意到西山林场，移植了两棵拇指粗的小柿子树到他那皇城根儿下的小四合院里，正房前两边，一边一棵。

种柿子树，而不是老北京挂在嘴边的“天棚鱼缸石榴树，先生肥狗胖丫头”里的石榴树，老舍是有考虑的。院子不大，而柿子树的树干高，一蹿起来，枝叶都在房顶之上，就不会碍着院子里的活动。此外，除了“事事平安”的吉利彩头，还有一点也许很重要——老舍喜欢柿子。

在老北京的形容里，柿子叫“蜜罐儿”。霜降后摘下的柿子，吃不完，还可以存到冬天，吃冻柿子。数九寒天，柿子搁在窗台上冻着，围炉夜话，把冻柿子放冷水里“拔一拔”，硬邦邦的柿子渐渐变得软了，于是凑在嘴边猛啜一口，冰甜，透心凉，叫“喝了蜜”。况且，还有柿饼呢，能下酒，能当点心，怎么都好吃。1936年他在山东写《想北平》时，对比他教过五年课的伦敦、到过的巴黎，哪里能同北平比！“西山的沙果、海棠，北山的黑枣、柿子，进了城还带着一层白霜儿……”落笔时那一脸的惆怅，宛在眼前。

按说柿子树移植不容易活，但这两棵树在这小院里却长得很好。不到十年，树干已经海碗粗。是两棵河南的火晶柿子，皮薄，无核，软甜，好品种。在老舍的长女舒济的印象里，一到春天柿子树开花时节，便会招来数千只蜜蜂，全院一片嗡嗡声，宛如轰炸机——这情形，旁人想想，也是有些吓人。

那院子，就是著名的丹柿小院。是两棵树移来后，夫人胡絜青看着喜欢，给取的名字。

自1949年从美国回国，此后的16年，老舍都住在这小四合院里。曾引起轰动的《龙须沟》《茶馆》等24部戏剧剧本和两部长篇小说都是在这里写下的，其中还有他最终未能完成的自传——《正红旗下》。

丹柿小院的西边是紫禁城的护城河；东边是王府井，老北京的商业中心。

据说当年老舍托朋友卢松庵和张良辰找房子，找妥了，老舍都没看一眼，就定下了，意思是“托你办事儿，我放心”。

朋友也是懂他的心思。

离东安市场很近，生活起居都方便。季羡林回忆某回去东安市场北门对门的一家理发馆理发，老舍也正躺在椅子上，下巴上白糊糊的一团肥皂泡沫，让理发师刮脸。不是说话的好时机，就寒暄了几句，不说了。老舍先离开的，在镜子里同季羡林打了个招呼。待到季羡林理完发要走，却发现老舍已经把钱给付了。

老舍的好客是出了名的。巴金每次到北京开会，去看老舍，聊一会儿，老舍照例说："出去吃个小馆吧。"夫妇二人就带他到东安市场里一家他们熟悉的饭馆，边吃边谈，愉快地过了一两个钟头。1950年1月到3月，老舍日记里"同饭"的频率，足足42次。"下小馆"对他来说，不单是过嘴瘾，更要紧的是会友——离开朋友，哪儿行?

距离中国作协、北京市文联、北京人艺也都近，工作也方便。

而且，丹柿小院又是个闹中取静的所在。二进的院子，占地四百平方米，不大，大门开在一个南北走向的小胡同里，今日叫"丰富胡同"，曾经因明代一个公主命名——"丰盛胡同"。一进小院砖砌门楼，外边儿的车水马龙，市井嘈杂，便自动消失了。

1936年他在山东写下《想北平》时，还曾细细琢磨过他的理想中的家的格局：

要有七间小平房：一间是客厅，古玩字画全非必要，只要几把很舒服宽松的椅子，一二小桌。一间书房，书籍不少，不管什么头版与古本，都是我所爱读的；一张书桌，桌面是中国漆的，放上热茶杯不至烫成个圆白印；文具不讲究，可是都很好用；桌上老有一两枝鲜花，插在小瓶里。两间卧室，我独居一间，没有臭虫，而有一张极大极软的床。在这个床上，横睡直睡都可以，不论咋睡都一躺下就舒服合适，好像陷在棉花堆里，一点也不碰硬骨头。还有一间，是预备给客人住的。此外是一间厨房，一个厕所，没有下房，因为根本不预备用仆人……

院子必须很大，靠墙有几株小果木树。除了一块长方的土地，平坦无草，足够打开太极拳的。其他的地方就都种着花草——没有一种珍贵费事的，只求昌茂多花。屋中至少有一只花猫，院中至少也有一两盆金鱼；小树上悬着小笼，二三绿蝈蝈随意地鸣着。

终于都称了心意。

在汪曾祺的回忆里，每天下午，丹柿小院的访客不断。作家、画家、曲艺演员……都谈得很投机。老舍是北京市文联的主席。每年他还会请北京文联的同人到家里聚会两回，一回是赏菊，一回是他生日。

每年柿子成熟的时节，老舍便挨家挨户地给朋友送柿子去。这在老北京，叫“送树熟儿”。

一回同一位山东来的文学杂志社编辑大谈柿子，老舍说到“柿有七绝”，就开始滔滔不绝：“这‘七绝’的头一条便是长寿。其次是多荫、无鸟巢、少虫蠹、霜叶可玩、实可餐、落叶可以写字。不过，最要紧的是‘实可食’，它是木本粮食。当年在齐鲁大学教书时，农民靠柿子卖个零花钱。做柿饼时，旋下来的柿子皮也得掺上谷子摊成带糠的煎饼。他们进城卖柿子，带的就是那种干粮……”老舍自然是看过唐代段成式的《酉阳杂俎》，但把“七绝”说得那么顺嘴，也是真爱了。

按他的看法，春天住杭州，夏天要住四川的青城山，冬天没有想好，但秋天，“秋天一定要住北平。天堂是什么样子，我不晓得，但是从我的生活经验去判断，北平之秋便是天堂”——这是半点儿不掺假的真心话，在他的小说、戏剧、散文里，他的生活里，是满满的北京。

叶浅予曾经为老舍画过一张素描，四面都是花，老舍坐在丹柿小院百花丛中的藤椅里，微仰着头，意态悠远。汪曾祺说，这张画不是写实，意思恰好。

却不曾料到后来的事。

1966年8月24日凌晨，被批斗后的老舍被夫人接回家。清晨，他一个人走出丹柿小院。第二天，有人在北京城西北角外的太平湖里发现了他。

两年后，诺贝尔文学奖颁奖，原本应该颁给他的，却因为他的自杀，而颁给了川端康成。

回到1949年的那个夏天。

旅居美国四年的老舍接到了一封北京文艺界三十多人联名写的邀请信，这三十多人中有郭沫若、茅盾、丁玲、曹禺、田汉……提议发出邀请的人是周恩来。

回国的念头出现得还要更早些。在他的日本朋友石垣绫子的回忆里，那年6月，解放军攻克上海的消息传到美国，老舍请他们夫妇来纽约的寓所吃饭，进门时，老舍正系着围裙下厨，他从唐人街买来了烧鸭、叉烧、蔬菜和豆腐。“这一天他的精神特别好，初次见面时那种郁郁闷闷的神情烟消云散。”这时候，老舍因坐骨神经痛刚做完手术不久。

10月，他由旧金山乘船回国。回国前，老朋友费正清劝他再等一等，老舍说，不能等了。

他必须立即回去。对他而言，闭上眼想起的北京，比他睁着眼看见的地方更真实。“我生在北平，那里的人、事、风景、味道，和卖酸梅汤、杏儿茶的吆喝的声音，我全熟悉。一闭眼我的北平就完整的像一张彩色鲜明的图画浮立在我的心中。我敢放胆的描画它。它是条清溪，我每一探手，就摸上条活泼泼的鱼儿来。”

1950年7月他在写给他的版权代理人劳埃得的信里说道:

“我的家眷将要从重庆回到北京，我得给他们准备房子。北京现在又成了首都，想要找一处合适的房子既贵又困难。如果您能给我寄五百美元到香港，再由侯先生（香港大学病理系侯宝璋大夫）转寄给我，我将非常高兴。”

此时，周恩来已经欣然同意了他不住政府分配的宿舍楼，而是自己出钱买个小房子的请求；卢松庵和张良辰已经替他在东城的乃兹府看好一个小院。此时，离他25岁离开北京已经过去四分之一个世纪。

·白鹿原上的火晶柿子

“一场多年不见的大雪，冻死了白鹿原上的柿子树，老树新树几乎无一幸免。原坡楞上和庄稼院里的柿子，有的个大如碟，有的四棱突起，更有给皇帝进贡久负盛名的火晶柿子，现在全都在一个冬天里绝杀断种了。大雪后接着是持续的冬旱的奇寒，积雪不经融化而逐渐风干了。当春天到来的时候，原野上一片精赤，不见麦禾也不见青草，满眼是枯死的柿树枝干。”

作家陈忠实在他白鹿原下的祖屋里，写下小说《白鹿原》里的这一段时，是谨慎的。那原本于1986年他在《蓝田县志》里读到的一笔:“清末某年，关中奇冷，柿树竟然死绝了。”“奇冷”有多冷？不得而知。那时候是没有温度计的。但20世纪90年代之初，《白鹿原》写作进入尾声的一个冬天，此地遭遇了几十年来最冷的半个月。到了春末夏初，人们发现一批柿子树竟还没有发芽，才惊呼:“柿树被冻死了！”那年冬天的最低温度是－14℃。

陈忠实的祖屋，在骊山之南，白鹿原原坡之北，中间是灞河。距离西安——十多个世纪帝国的政治中心长安城——不过三十公里。

这实在是中国历史上太显赫的所在，从西周到汉唐。

“指鹿为马”里赵高所用的那头鹿，传说是从白鹿原上捕获的。

刘邦项羽对峙，“沛公军灞上”，“灞上”正是白鹿原——同灞水北岸骊山脚下的鸿门遥遥相对。刘邦在那个月黑风高夜，从鸿门宴狼狈脱身，慌不择路翻过骊山涉过灞河，逃回白鹿原，于是才有了后来的汉家江山。

灞河逆水而上，经蓝田的五十里，就进入了王维的辋川。当年王维心里一片死寂，来到辋川经营他的别业，那些安慰了他的山水草木，也成就了他的诗和画。

从祖屋涉过面前的灞水，走过平川，大约半个钟头，就能登上骊山南麓的坡道。骊山上，有关中久负盛名的火晶柿子。一到深秋时节，骊山坡岭上的柿子树就开始了它们最好的日子。一棵棵合抱那么粗的柿子树，叶子已经落得精光，枝丫上是繁密的火晶柿子，红得鲜亮、晶亮、奔放。

正是后来他在小说中提到的，给皇帝进贡的柿子。

依然有作家记得，20世纪80年代初，一次在西安进行的创作会中，会议的间隙，有一个中年农民模样的男人拿着一竹筐红柿子进了休息室，说请大家尝尝他从乡下捎来的柿子。那男人就是刚调到作协的陈忠实。于是众人吃起柿子来，他也拿起一个，在手里掂掂，说:“这柿子，时下俗称‘火晶柿’，在60年代困难时期，我们村上人叫它‘命果’，那会子是它救了不少人的命哪!”

这是确凿可据的。

那个年代，临潼山上的山民从生产队分回柿子。五斤柿子，算一斤粮食。今日人们所说的，空腹不能吃柿子之类，在那个年代全不成立。那是活命的。

而陈忠实后来在那则《蓝田县志》中“奇冷”的记录后，也看到修志人在后面跟了那句有温度的话:“柿可当食。”

陈忠实是在1986年的春天搭上去蓝田县城的班车的。那个四月，他背起挎包，涉过家门前还有些刺骨的灞河，再穿过对岸的村庄，搭上了通往蓝田的班车。他很幸运，右手靠窗处还有一个空位。

当老式公交车驶过白鹿原，司空见惯的原北坡在这一刻竟陌生和神秘起来。“一个最直接的问题悬在我心里，且不说太远，在我之前的两代或三代人，在这个原上以怎样的社会秩序生活着？他们的子孙经历过怎样的生活变化中的喜悦和灾难？……”

柿树下　刘硕　绘

一个宏大的计划正在他心里渐渐成形。一个长篇。一个能承载一个作家毕生的长篇。

在搭上班车之前，陈忠实筹备了三年的祖屋翻修计划已经启动，地基已经开挖。在离开白鹿原若干年后，他打定主意，回到白鹿原下的清净世界，如同当年白居易被城里的世俗日子闷透了，跑来白鹿原，“宠辱忧欢不到情，任他朝市自营营。独寻秋景城东去，白鹿原头信马行”。

那将是他孤独的世界，却又另有一道通往人声鼎沸世界的门：白嘉轩、朱先生、田小娥……在那儿来来往往。他必须把自己一个人关在屋里，若是进来一个陌生人，那个世界的人就会被吓跑了。

祖屋的翻修用去了他攒下的五六千块钱。他请木匠做了一张带抽屉和柜子的桌子，一把有靠背的椅子，两个书架；又修了围墙，立了小门楼，街门和新房之间便有了一个小小的庭院。

也就少不得在院子里栽树，梧桐、梨树。又想着，种一棵火晶柿子树。

他自小喜欢吃柿子，尤其是火晶柿子。小小巧巧一个果子，一层薄薄的皮，瓤清甜，竟还没有核；但若还欠那么一丝火候，嗯，涩。

村子里家家户户其实都有一两棵火晶柿树，院内或者院外。每年十月初，由绿色转为橙黄的柿子便从墨绿的树叶中脱颖而出。

小时候祖屋的后屋和厦房之间狭窄的过道里，就有一株火晶柿树，小碗口粗。一到十月，他就趁着大人不在家时，用竹竿偷偷打下两三个来，那已经变成橙黄的柿子仍然是涩的，却照旧忍不住要尝。

种树之初并不顺利。

他先让内侄儿移栽了一棵棒槌粗的树。但奇怪的是，这性子坚韧，便是在土瘠水缺的干旱山坡上也照旧可以长得蓬蓬勃勃的柿子树，却怎么也养不活。

内侄儿解答了他的疑惑：柿树是很难移栽的。他恍然大悟：这个常识他原是知道的，却急功近利了。

于是回归到原点，从最初开始培育一棵火晶柿子树。

这一回，柿子树唰唰忽忽就长起来了。

这年冬天到来时，柿子树长过了墙头，劲头十足。陈忠实则再一次离开久居的祖屋老院，迁进了西安城。

他的《白鹿原》已经写成。从1988年辞去行政职务回到白鹿原下，到1991年腊月他送妻子出小院时说“你不用再送了，这些面条和蒸馍吃完，就写完了”，已经四年。

2000年的第一个农历春节过后，陈忠实买了二十多袋无烟煤和一些吃食，又回到白鹿原下的祖屋。

院子里，他的柿树已经碗口粗了。这一年，他第一回看到它出芽、开花、坐果到成熟的整个过程。十月初，柿子日渐一日地变得黄亮了。火晶柿子被摘了，装在纸箱里，开始变得红亮。有朋自城里来，少不得要给朋友带一篮回去，也少不得要加个说明：这是自家树上的产物。

到年边，腊月初八，家里做“腊八面”(在粥里煮上手擀的一指宽的面条)，一家人吃得热气腾腾时，他便端着半碗腊八面，到屋院过道，用筷子把面条挑起来挂到树枝上，口里诵唱着“柿树柿树吃腊八，明年结得疙瘩瘩”——树也是要一同过腊八，吃“腊八面”的。

《白鹿原》已经是现代文学史上的一个神话。

1992年《白鹿原》上半部在《当代》杂志刊载，他从原上赶到西安，找了一家最近的邮局，已经售完。又赶到西安市最大的钟楼邮局大楼，告罄。售货女孩儿当然不会认识陈忠实，随口说，我这儿五十本两天就卖完了。又建议他预购。登记本上，记着一长串陌生的名字。

书的正式出版是在1993年6月，上市已经要到七八月了。第一版第一次印刷的数量是14850册。人民文学出版社的这个数字，对照那天签名售书时排起的看不到尾的长龙，显得过于保守了——签售从早上8点开始，一直到太阳西沉。而到了这年的10月，出版社已经追加到第7次印刷，数量则达到了56万册。

他一个人站在祖屋的院子里，抽着“雪茄”——当然不是什么昂贵的巴西雪茄，是陕西产，呛人，几块钱，贵的十几二十块，就能买上一包。他很满意这种味道。他突然感到，“原坡上漫下来寒冷的风。从未有过的空旷。从未有过的空落。从未有过的空洞”。

2012年，电影《白鹿原》上映。

原著被改编得支离破碎，却透着无奈：谁又能还原《白鹿原》呢，如同还原马尔克斯的《百年孤独》一样。不过那个突兀的收尾，细想来，倒也不乏意思：1938年秋，正是收割完毕的时节，庄户们正忙着扬麦子，忽然，日军的飞机到了白鹿原的上空。投下的炮弹中，其中一枚落在了那座老戏台子上，演绎过太多故事的老戏台子轰然塌去了半边。硝烟中，戏台旁那棵小说里并不曾出现的、巨大的柿子树，影影绰绰地现出了模样——它照旧挺立着。它已经目睹了太多白鹿原上的过往，并还将继续下去。

卷
四

风：人间柿味

果树，果树，
除了风雨没人知道你。
你不担心吗？你离去时，
它们袖手旁观。

——［英］尼克·德雷克：《果树》

· 一条柿子的沟

文 | 周华诚

1

三月下旬的一天，阳光暖和，小伙子李硕走到屋子后面的柿林里去。春天还没有盛大地到来，柿树还是沉寂着，枝干光溜溜的。柿园里的杂草有一些已经冒出了绿叶，用不了多久，这片土地都会显得生机勃勃。

李硕来到柿子沟还不满一年，他已经喜欢上这里。小山村的夜晚非常安静，大多数时候的夜空都可以望见星星，即便是白天，山村里也没有太多人。这与他一直生活的城市不一样。石家庄人多车多，他的很多同学朋友都在那里，不管工作还是生活都是一脸的心事与焦虑。

这是一条以出产柿子著称的山谷。太行山脉蜿蜒起伏，从保定市满城城区往西北前行五公里进入柿子沟。山路曲折，进谷如世外桃源，四面有山，山中依稀有人家。环绕人家的，便是漫山遍野的柿树，无人可知其数。

李硕的学业背景有助于他以欣赏的心态去观察周遭的一

切。这个从重庆邮电大学景观设计系毕业的年轻人，每次走进柿子林里，都会有不同的心境。现在他在柿子沟里的民宿工作，主要接待来自四方的朋友，与他们谈天说地也成为工作的一部分。民宿的名字叫“借山而居”，意思非常贴切，这里成片的柿子林跟民宿一起，的确处于巍巍太行山的怀抱之中。

李硕开始懂得欣赏乡野的粗放之美，也学会了跟朴实的村民打交道，这种原乡的因素以及与城市的差距一开始让他觉得新鲜，时间久了倒也习惯成自然。

两百年前，英国诗人约翰·克莱尔出版了自己的第一本诗集，立即引起了轰动。克莱尔史无前例地用全新的角度——与同伴乡亲交谈的语气赞美了乡间的野花与杂草。那本诗集叫《描绘农村生活和景色的诗篇》。对克莱尔而言，弯腰也是一个习惯动作，一个不由自主的反应，一种与大地亲近的姿势。他经常说要“放低自己”，近距离凝视一株植物或一只昆虫，或者是把诗歌的第一稿写在旧种袋和粗麻布糖包上。他的举动像是鸟儿一样好奇、随性，却又饱含深情和理解。

李硕有时会在与“借山而居”民宿共用房屋的“民艺图书馆”里待很长时间，那里有各种各样的书，包括各类描写乡村生活和《杂草的故事》这种博物学和大自然的书。“在克莱尔眼中，杂草也是这谈话的参与者。他对它们有一种休戚与共的感情，仿佛大家都是同一片土地上的伙伴。”他继续读下去，“小小的雏菊有着金色的花蕊和银色的花瓣，脸上还带着一抹柔和的绯红，无论是在我们这里的低地沼泽，还是在瑞士的高山上，它们都是如此美丽——如果它们也会长在高山上的话”。

柿子林里，柿叶还没有萌芽，地上的野花有的已经开了。只要仔细观察，总是能发现许多小小的花朵在安静地开放。其实这就是山野的魅力所在。所有的美好都要用心才能发现。

柿子红遍山野的时候，他会变得很忙，那些奔着柿子而来的山外游客都会惊讶这样的深山沟里怎么会有一座如此漂亮的民宿。而且还有一座难得一见的乡村图书馆。李硕则会告诉他们，他跟他们一样是被柿子吸引过来的——这是一种关乎柿子的生活方式。

2

村里的老柿树已经够大了。千年柿树王巍巍立在山上，早已经是一脸沧桑的样子，而一二百年的柿树也不少，但没有人能说清楚这些树都是谁种下的，也许是飞鸟种下的也说不定。

66岁的李贵臣说整个西峪村也不过一百多年的历史。现

柿子熟了　金雪　绘

在村里有四大姓——李、严、宋、韩四大户。老辈人说，李家就是因为家事闹别扭，老太爷一赌气，用一个担子两头挑着孩子就出了门，一路走一路看，到西峪村歇下担子，就在这里落地过起生活。后来老太爷又生下两个孩子，这才有了李家四大支。打那以后，别的姓族人也落脚西峪，慢慢地这个村庄开枝散叶才有了一个样子。

李贵臣走南闯北经风过雨，什么苦没有吃过?！过去村里特别穷，路是羊肠小道，水就更稀罕，须驱使一头小毛驴去两公里外的地方驮水，那里有一口官井，供应几百口人饮用。用一个水斗子，把水从深井里提上来，再装进木桶，挂在毛驴的两侧。随着毛驴一路扭着身子行走，木桶架子也发出吱扭吱扭的声响。驮一次水，不过几十斤，能维持多久?村里人用水比用油还金贵，除喝水煮饭不得不用之外，其他地方都是尽量省俭着用。衣服也不洗，都要攒着到了下雨天，才用个木盆在屋檐下接着水洗衣服。1966年村里才打了第一口井，总算不用去村外运水。这时候十多岁的李贵臣已经不上学了，放牛。

漫山遍野的柿子树是见过李贵臣骑在牛背上的。除了放牛，他还能干什么呢?那些柿树的归属问题也几经变更——起先柿树都是山上胡生野长的，也没有主人家，后来归到了各家名下，村民入了合作社以后，所有的柿树就归公成了队上的财产。直到1980年包产到户，那些柿树才又重归个人名下。

李贵臣还记得在合作社时，村民们统一把柿子摘下来，统一归置，然后一起用小推车运到十几里路外的情景。一担一担、一篓一篓的柿子在铁道边，等待着火车来把它们运走。那时李贵臣很馋柿子，可惜并不能吃上几个，不仅是他，就连大人们也几乎吃不上柿子。村里也不分柿子，所有的柿子都要换成钱，尽管那些柿子是如此便宜，一斤只卖4分钱到5分钱。算上柿子的收入，再算上村里一年到头的所有收入，年终核算之后再分到各户手头。李贵臣有四个兄弟，加上父亲就有五个正劳动力，最多的一年分到几百块钱，虽然过起日子来依然紧紧巴巴，却已然算是全村顶能挣分的户头了。

柿子沟如你所想，一年到头都干旱得不行。那时候李贵臣就想，老太爷怎么偏偏挑了这么一个穷乡僻壤来落脚呢？别说粮食种不出来，哪怕种点菜吧，那也得靠天。有时夏天会刮妖风、下冰雹，说不定哪个夏天里就落起了冰雹，一气把几千棵柿树上的青果子全部砸了个稀巴烂，满地都是青柿果，叫人看了鼻子直发酸。所以吃饭就成了村民们的头等大事，靠玉米棒子、豆角、南瓜、山芋这些东西勉强糊口。在李贵臣的记忆里，正是因了这些主食，村民们才不至于挨饿，而不挨饿就算是很好的年景了。

生存的艰辛，使得柿子沟的村民们不得不外出谋生。李贵臣算是这些人中顶敢闯的。辍学放牛六年后，他去压棉花厂、炼铁厂上班，当电工也顺便干些杂活，直到后来工厂倒闭。回村后赶上村里选举，他被选上了生产队的副队长，那时他26岁。

当了几年队长，由于现实生活的窘迫，逼得他往外走，去谋一条生路。他花了所有的积蓄买了一辆破“解放”，跑了四年运输。那时候跑运输的艰辛是如今的人无法想象的——哪有什么平坦的路，全是大坑小坑，崇山峻岭，车坏在路上没有人修，半道油箱空了也找不到地方加油。跑一趟天津来回需要五六天，一天才挣二三十块钱。李贵臣的运输生涯后来断送在一次车祸上，他不仅赔光了本钱，还不得不卖掉卡车，然后空手而归。

我到柿子村去采访时，李贵臣正坐在崭新又亮堂的村两委办公室里抽烟。20世纪90年代初他依旧回到村里当干部，就此当了八年村主任。1998年卸下担子，又开始出门跑买卖，这回他直接上了天津，在那里做买卖挣饭吃。回来又接着干了三年村主任，直到2006年他被选上了村支部书记，这一干又是十多年。

一个人的履历，两三段文字就写完了。压着手指头算一算，前前后后干了40年村干部。我发现这个当了一辈子村干部的人，生活不过是两条轨迹，一条轨迹是不断离开村庄去外面谋生，另一条轨迹是一次次回来，回到生他养他的村庄。这两条轨迹纠缠不清，最终也没有分出胜负。现在他年纪大也跑不动了，安安心心地在村庄里落脚。

村里也在发生变化，唯一不变的是那些柿子树，年年深秋都会红起来。说到变化，村庄里最大的变化发生在去年，村两委那两间隔壁就是牲口圈子的破平房被推倒了，盖起了新的办公楼。而这算是村里的破天荒之举——村里盖房一分钱没花，一个叫路景涛的老板干了这些事：他不仅在村里盖起了乡村公益图书馆，孩子们可以免费在那里看书做作业，还办起了有三十多间客房的民宿，吸引了很多村外的客人来村里游玩，甚至连带着把村两委的办公楼也盖好了。

现在别村的人都羡慕西峪村，说这么漂亮的房子就像一道景观。村民们以前闲着打牌搓麻将，现在有了图书馆和办公楼，孩子和年轻人总算有了一个好去处。当了一辈子干部的李贵臣现在没事啥地方也不愿去，就愿意待在村办公室里喝茶聊天，安安静静一坐就是大半天。

办公室的窗户外面就是望不到边的柿子林，暖风一阵阵地吹着，春天就要来了。

3

路景涛最初到柿子沟只是为了去看一个醋厂。有人告诉他柿子沟有五六千亩柿子林，出产的柿子又大又红，还有一个柿子醋厂——那个老板想闯条路子，路景涛就找了个时间去看看。

进山的路还是有点曲折。柿子沟的柿子他是早听说了，声名在外，算是四里八乡最好的柿子——这里干旱，柿果里的糖分浓度高，吃起来也就特别甜。路景涛并不是来看柿子的，但是真到了柿子沟一看，漫山遍野的柿子林还是使他震撼了。他到村里去转了一圈，给村民递烟，坐下喝茶聊天，聊的也都是柿子的事。这个在保定投资做生意的路老板，那时候并不知道自己会在这穷乡僻壤里花钱，但是后来跟村民聊着聊着，他的内心好像有什么被击中了。

这条柿子沟是在山谷里，沿着太行山脉曲曲折折18公里长，沟里有不少村庄。这条沟所在的镇叫神星镇，因曾有陨石从天而降得的名。沟里最大的特产就是磨盘柿，16万株柿树，年产柿子1.5万吨，是整个满城区的磨盘柿的主产区。这里的磨盘柿，个大，汁浓，味美，说名不虚传也不为过，2001年这里就被国家林业局命名为“中国磨盘柿之乡”。

满山满谷的磨盘柿，照理说应该早让村民们过上了舒坦日子。但是村庄里做事还是有很大的局限，就说这些柿子，收成好了价格就贱，价格高了收成往往不好。就说前年的柿子，每斤三毛钱都卖不出去，其中有一户村民，有三四万斤堆在家里，把人头发都愁白了，可是没有销售门路你能怎么办？村民只有等客商上门，收柿的客商不进山，你急得跳脚也没有办法。

好不容易卖出去了，一盘算，卖柿子的那点钱还不够摘柿子的工钱。除工钱之外，没有货钱。眼望着那么多柿子挂在枝头，摘就要费一个月工夫，不摘看着柿子烂在枝头又揪心！

说者无心，听者有意，路景涛开始琢磨。这个柿子沟，近些年确实在打造旅游线，也算是保定西部小有名气的休闲旅游地，到柿子沟除了可以领略优美的柿林田园风光，还可以游览一下不远的龙潭景区、木兰溶洞，喀斯特地貌和溶洞奇观也是一道风景。尤其是深秋柿果通红之时，远近的市民都会开着车来到山沟里走走看看，暂时脱离喧闹的都市，回归大自然，呼吸几口新鲜的空气，吃一吃特色农家饭，睡一睡久违的土炕。只不过，村里只有低档的农家乐，还没有高品质的民宿。咱们能不能干点事，给柿子沟的旅游加一把火呢？

当然路景涛考虑的可不只是这一些。他到柿林里去，发现百年柿树占了一大半。那些老柿树长得又高又大，也算是村里的宝贵财富。但是随着村民年纪越来越大，柿树的管理可怎么办呢？年轻人都离开村庄进城去打工，留在村里的人年纪大了，再不会爬树，也不会剪枝了。他看到一个场景：老头儿上树剪枝，老伴儿放心不下就一道在地里守着他，一个在树上费力修剪，一个坐在地角石头上仰望。这一幕不由得让他想起自己家里的老父母。年纪大了，谁不想自己的身边儿女绕膝呀。

路景涛是真想为村里办点事儿。这两年他的云乡居集团在保定的千年古村大激店打造“美丽乡村”出了名，也有了经验，再与村支书李贵臣一聊，双方一拍即合。路景涛想的是，实实在在把这个村庄变个样，大手笔搞一个以柿子为主题的特色小镇项目。路景涛把这事当作一件大事来干。他请来了北京大学建筑与景观设计学院的俞孔坚教授，到柿子沟实地考察，多方论证，要把柿子沟真正建成一个让人惊喜的原生态景区。

他做事的效率很高——到2017年11月，一座三层楼的公益乡村民艺图书馆就在柿子沟的西峪村开始试运行了，一下吸引了不少人。老八仙桌、老条凳、老织布机旁边，是高高的书架和各种各样的书刊。民艺图书馆的旁边就是“借山而居”高端民宿。

起先村民站在门口打量，这么漂亮的地方都不敢走进去，生怕脚底的泥把屋子弄脏。后来知道，这些都是免费向村民开放参观的，这才高高兴兴地走进去，一边看一边赞叹不已。

路景涛的想法不只这些。“太行山下石头城，柿子沟里桃花源。”他在心里下着一盘更大的棋。未来也许会在柿子沟，出现一座磨盘柿小镇，也会有太行民艺博物馆，会有马术场，再搞个汽车露营地，也许还会出现更多的新鲜事物——但路景涛并不着急，他会一步一步来，把柿子沟变成一个桃花源一样的地方。

现在柿子沟的村民都愿意见到他，听他聊一聊柿子沟的打算。有位叫尹铁子的村民说：“将来条件改善了，外面的有钱人都住我们这里来，我们的柿子、南瓜、柴鸡蛋等土特产不但不发愁卖，还能卖出好价钱。改造我们村，我第一个站出来支持！”

4

全中国名叫“高兴”的人有16262位，而这一位高兴最近挺高兴。

高兴坐在柿子沟的“借山而居”民宿里，一些孩子来这里读书。这是一个周末，孩子们没事会来图书馆里坐一坐，图书馆的登记簿上留下了很多孩子的名字。高兴现在是这间民宿和图书馆的大管家，在此之前他在别的地方也经营过民宿，而且他爱好收藏——在他城市的家中，收藏了几百个石权——那是古老的石质衡器，有着沉甸甸的重量，原本就为称重而生。那些大小不一、形态各异、雕刻精美的石权，使他沉迷其中。

“权就是俗称的秤砣。古话说：‘权，然后知轻重；度，然后知长短。’”多年来，高兴走了河北、山东等许多省份的乡村，在坊间看到散落的石权，就出价把它们收回来。石权曾经在乡村很普遍，形制有老鼠石权、狮子石权、钟形石权、瓜果石权，各式各样，形态也各异，大多为明清时期的。

现在高兴把他小部分的收藏品摆在了“借山而居”民宿的大堂，成为这个民宿气质的一部分。这座高大朴素的土红色建筑共有三层，既是民宿的接待处，也是乡村民艺图书馆，它成为西峪村的一道风景。既然是民艺主题，这里就一定跟民艺相关——大堂就挂着许多老秤杆，也陈设着老石权，以及全套木匠工具、月饼模具等老部件，都极具民间技艺特色，也带着怀旧的生活氛围。二楼还陈设着织布机、老式生活实用物件，三楼有老八仙桌、老条凳等充满生活味道的用具，陈列的书籍也以农耕、农技及国学类为主。

高兴还建了一个微信群，群名有点长——“借山而居士贾贤达多聚于此”。群里的人大多有情怀，有乡愁，有平台，有区文化馆、图书馆、电视台的朋友，也有社会各界的贤达能人。有这样一个群体，也有“借山而居”这个平台，群里常常很热闹，讨论的话题也围绕着“乡村振兴”来进行。

“借山而居”民宿慢慢有了影响力，也成了文艺人士的一个“据点”。民宿有一个微信公众号，高兴经常在上面推送一些文章。他学过美术，能写会画，又有文艺细胞，常常能从常人忽略的事物里发现不一样的美好细节。当他把这些细节画成画、写成文章，在新媒体上推送出来以后，往往一下子就把大家给打动了，也把共同的乡愁唤醒了。大家第一次发现，原来自己的家乡有这么多美好的东西。

上次他们的群友线下聚会，到场的有柿子沟长大的姑娘小伙，有远道而来的著名设计师，也有知书的书画家，还有古道热肠的企业家。许多人起先并不相识，但彼此一见面就惺惺相惜。他们在一起喝茶、聊天，讨论的话题很多，比如柿子的产业如何做大，柿子的文化怎么开发，柿子可以做成文创产品吗，能不能设计一场南瓜大赛……话题有意思，大家也脑洞大开，创意就在畅聊中被相互激发出来。没人能想到，在这样朴素的山乡，生活也可以变得如此文艺。

三月梨花开的时候，高兴收到一件东西，西峪村的村民宋大全送来一台缝纫机，那是20世纪70年代使用的蜜蜂牌缝纫机。柿子沟里，公益性的太行民艺博物馆已开始筹备，这个博物馆也是由北京大学的设计专家俞孔坚教授设计的，正在面向社会征集农耕等方面的生产和生活用具。几天时间，村民们就送来百余件老物件，高兴就更高兴了。

5

“柿子妞”有一天读到北大教授俞孔坚的那篇《“新上山下乡”运动与遗产村落保护与复兴》之后，一下子激动起来。

她仿佛一下子看到了柿子沟的未来。

柿子沟是她的老家，那个叫寺角村的地方是她从小长大的地方，现在的她在区广播电视台工作。多年的媒体人职业训练让她保持着对新闻事件的敏感。当路景涛他们在柿子沟动工建设“借山而居”民宿和乡村图书馆时，她就一直积极关注着进展。眼见漂亮的建筑建起来，优秀的年轻人来到村里，各个环节运转起来，她比谁都开心。

“路总他们做的事，不仅可以保护中国农村这些非物质类的文化遗产，还可以盘活农村呆滞多年的固定资产，为解决空心村问题找到新的出路！”

她现在做了一个“满城柿子妞”公众号，不断推送关于柿子沟的新闻，也推送自己写的家乡的文章，比如柿子沟的生活习俗、饮食习惯等，而柿子沟的四时风光，是她特别关注的。家乡的一草一木，一瓜一果，都如此亲切熟悉，那些植物什么时候开花，什么时候结果，没有人比她更清楚，而她也愿意把自己家乡的美好推送给更多的人。

俞教授在文章里说："新乡村将成为生态系统服务（ecosystem services）或景观服务（landscape services）的消费场所，而这些服务在当代中国城市中是贫乏和低质量的，包括干净的食物和水、气候、休闲与精神服务、审美启智。这需要对乡村和乡村生态系统的价值有新的认识。维护和改善这种景观服务将成为未来乡村管理和设计的核心目标。"

这条柿子沟内，群山环抱，空气清新，生态环境良好，春季山花烂漫，生机盎然；夏季柿林如海，凉爽宜人；秋季万山红遍，果实累累；冬季银装素裹，柿树负晶。可以说，拥有非常优越的生态环境。在"柿子妞"看来，现在乡村振兴的新力量进来了。借助这一股新力量，柿子沟将迎来一个崭新的春天。

分布在西峪、中峪、东峪、南峪、寺角等村庄周围的几万亩柿树林，会成为这条山谷发展的背景；而核心是人——不仅要吸引更多的文化和创意型人才回归乡村、振兴乡村，还要吸引更多的城市人来到乡村，重新发现乡村的美好。

在"借山而居"民宿大管家高兴组织的微信群里，"柿子妞"是其中最为热心积极的群友之一。她关注着柿子沟每一天的新变化，并把这些变化写进她的微信公众号"满城柿子妞”里。

“您问我为啥老是推‘借山而居’的帖子？因为‘借山而居’在柿子沟，而柿子妞是柿子沟里长大的妞，我爱我家呗。”

现在，有时她也会一个人回到自己的老家，在柿子林里走一走，在宁静的村庄里走一走，感受一下春天的风吹拂在脸上的感觉。她如此期待柿子沟的明天。

“我想有一天，我也会回到柿子沟来居住！”生活就像一个轮回，也许真的有一天，她会重新在柿子沟寻找到安定下来和回归闲适生活的理由。

一把野花，一根带着柿果的枝丫，插在花瓶里，就是一幅美丽的画。而城市与乡村，已经消弭了界限。柿子沟这个自然空间里，呈现出来的精致生活的品位与美好生活的质感，会不会承载人们对日常生活的理想？

“柿子妞”望着连绵起伏的群山，对柿子沟的明天充满期待。

·不说“柿”

文 | 卜冬

说起柿子，就想起一个场景，一棵高高的柿子树，树身上靠着一架梯子，高高的树杈上，一个和尚拎着篮子摘柿子，树下，另一个和尚歪着脑袋向上看。那是许多年以前到西安游大雁塔，在院子里看到的场景。正午的阳光下，树上叶子零落，那柿子红得刺眼。我这人没出息，别的都忘了，怎么就单单记住这么一个没用的画面？大概因为西安多柿子树。

其实真正的原因是，柿子好吃又好看，挂在高高的柿子树上，挂在十月的蓝天下，就是秋天的颜色。一到柿子上市的季节，街上水果摊，总是巴巴地把柿子放在最外面，细心的老板更是把柿子摆放得整整齐齐一大排，路人哪有不驻足的？

到了冬天，柿子落市，且看东北人好一口——冻柿子。一位朋友写东北的冻柿子：“敲碎冰壳，把软了的柿子捧在嘴边吸。没错，是靠吸的。冰凉清透的果子精华，就这么带走了刚才的腻味和酒气，只留下鲜甜在嘴里荡漾。”看得我馋虫爬出，奇怪自己在东北待了十年，怎么就没吃过冻柿子呢？那时地穷人穷样样穷，心思没在这上面。

据说柿子的原产地就是中国。“栽培已有一千多年的历史”，这话很可疑，但汉代许慎的《说文解字》说柿：“赤实果，从木市声。”可见在汉代已有柿子这种果子。

事实上，遥远的甲骨文里没有“柿”这个字，不过，金文里已经有了柿子的“柿”。这东西太好吃了，一定要写下来广而告之，于是人们借用了“市”的音，再加上“木”字旁，造出“柿子”来。

从汉字的角度，“柿”离不开“市”。“市”这个字还是挺有意思的，它的出现似乎并不比“柿”早多少，不过它的意思已经有了很大的变化。现在我们说“市”用得最多的是城市、都市，这是现代社会的巨型蜂巢，几乎所有人，都或多或少与它发生着关联。显然，“城市”这一层意思，是后来发展出来的。“市”的本义是动词——做买卖，或者名词——做买卖的地方，也就是市场。市场的“市”，居然千年不变，这才是这个汉字古老的面孔，也是一个汉字强大的生命力。

且看最古老的“市”字——，上面一个“之”(前往的意思)，下面一个“兮”，文言里的语气助词，相当于我们写文章用到的“啊”“呀”之类。古人为何这样造字？谁知道？今人也只能进行合理的猜测。为了把它和市场联系起来，可

以把“兮”理解为叫喊、吆喝，市场嘛，到处充斥着这样的声音，那么，“之＋兮”，就是到市场里去。这样解释，似乎是合理的。

到了篆文，“市”字下面拐了个弯——，好看是好看了，却令人费解。到了汉代隶书，汉字摆脱了初期象形的图画特质，“市”字严重变形，找不到“之”和“兮”，从字形上也就找不到“买卖”的线索了，后人只能从古诗里读到一些市场里的嘈杂声，比如《木兰诗》，花木兰“愿为市鞍马，从此替爷征”，铿锵声里有一点琐碎的买卖。

木兰去市场，就如一幅市井画面。其实，西周就已经有了完善的市场，对各类市场的贸易人员、开市时间都有规定。《周礼•地官•司市》明文规定：“大市日昃而市，百族为主；朝市朝时而市，商贾为主；夕市夕时而市，贩夫贩妇为主。”早上朝市做生意的是商贾，下午市场百姓为主，而日落以后，就是小摊小贩的市面了。有政府支持，想必那时的夜市，一定热闹。

一说到汉字就容易走远了，说点和柿子有关的。

古人常以柿子入诗，不外是为了它的颜色，而唐朝白居易的诗句却有“柿蒂”。柿子好吃，却不知柿蒂为何物。所谓柿蒂，就是干了以后的柿子果萼，也叫柿子把、柿萼，是一种中药材，《本草纲目》里就有记载，对胃肠道方面有着很不错的疗效：用柿蒂煮汤喝，具有治疗呕吐、反胃以及逆气的功效。

不过，白居易诗里的柿蒂可不是中药，他写《杭州春望》："红袖织绫夸柿蒂，青旗沽酒趁梨花。谁开湖寺西南路，草绿裙腰一道斜。"诗里的"柿蒂绫"，是当时一种图案清雅、质地非常轻薄的丝绸织物。杭州作为一个丝绸都会已经很久了，在杭州做刺史的白居易非常喜欢这种丝绸，将"柿蒂绫"与名酒"梨花春"相提并论，可见对它的赞赏。

这说的似乎还是跟柿子不相干。不说也罢。

·风吹柿黄见南山

文 | 成向阳

向晚，莫名想起了一棵柿子树。

柿子树黑黑瘦瘦，立在田埂外沿下，像汉子面山出神时的一截背影。有小孩一抱粗的主干，穿黑鳞衣甲，在三四尺之上分出个忧伤的树杈，又耿耿地向上，分出更多的树杈，顶上或东或西，或南或北，挑出三五颗零余的红柿子在高高枝头。

风一吹，红柿子就摇一摇，却不落。风再吹，红柿子就又摇一摇，还是不落。时有寒鸟过路，目标明确地飞下啄它，猛然间啄一口，它颤一颤，流汁，但仍硬硬地不落，好像蒂下自有一方磐石，稳固着它与一棵树的不离不弃。

但一等时候到了，太阳从山后伸出黄白的手指虚虚一戳，那红柿子就像中了六脉神剑的红脸小儿，虚弱地一头栽下来，扑哧一声，在田垄间摔破了肚肠。

它有一肚子的红呢。

这是初冬时分晋东南乡间柿子树的样子，黑瘦的、忧伤的、分杈的、耿耿的、零余的。为什么会是这个样子，我也说不清楚，总觉得它就该是这个样子。

向晚，竟莫名想起了这一棵我乡间的柿子树。其实说莫名也牵强，也许只是因为偶尔看见一位故乡的朋友在故乡的初冬爬上了一棵故乡的柿子树，摘取了一颗枝头零余的红柿子而惹起几分乡愁吧。这场景很熟，又极远，正可供这一面的远人牵住一缕游丝，钻入记忆的一孔蚁穴，在故乡头上小蚂蚁样碰一碰久违的触须。

晚间行路，初冬街面上袅袅升起的暖气里，路人像着衣误入了汤池，车灯四面照来，自有缥缈朦胧的一种幻化效果，而故乡柿子树的枝枝丫丫，就在这种袅袅里被一棵一棵推至眼前。

我的家乡在晋东南，一座太行山携带着无数的柿子树从天上落下来，分开了山西与河南，而我的出生地，就在这太行山南麓的一个小镇上。小镇三面环山，山野之间，三三五五的柿子树立在田埂上、房檐后，就连有些人家的露天厕所外面，也立着一两棵。这样，小镇人的日常，就与远远近近的柿子树抬头不见低头见了。老一辈人常说："吃小米捞饭，看南山柿黄，听上党梆子，实人间至乐也！"

乐归乐，但乡间柿子见得多了，也就当它个平常，不以对待稀罕物件的心思去打量它、琢磨它，以致如今记忆里的柿子树，就像一个早年的长辈亲戚一般，朦朦胧胧一个轮廓，而缺少工致细节。

只记起某一年的深秋，霜降之后家里犁地，大舅忽然指着头顶老柿子树上的几颗红柿子，让我摘下来给他吃。那几颗柿子挑挂在高枝的边沿上，很孤单，也很傲慢，测试着我童年小小的几分胆量。我奋勇攀缘而上，尽力伸长手臂，离它却始终尚有二尺。人悬空中，无依无着，我自然不敢向前，只能朝着树下叹气，于是被大舅颇含鄙夷地痛骂几声。

大舅是一条真正的晋东南汉子，勇毅，坚决，寡言语而敢担当。那日他挺身站在柿子树下，未必是真想吃一颗柿子，他很可能是极希望看到大外甥能长成他所设想的那种胆大心烈、手长脚快的好汉吧。但我竟至于令他失望，从此留下一段小小耻辱。

又记起晋东南乡间的柿子树会开出淡黄色小花，那小花有四方形的花冠，开口阔大，摘一朵到手心里，虚虚捂上一会儿，再把手掌张开，手心里就会多出一只黑黑的小飞虫，或者红色的小蚁，它们是从藏身的柿子花里出来换气的。至于柿子树开花究竟有没有香气，我却记不清了。但也还依稀记得柿子树开花时，追逐着花季的养蜂人会将蜂箱沿山路摆开，四面放出群蜂，采一季柿子的花蜜。

又记起晋东南乡间的柿子树是可以嫁接到软枣树上的，

或者晋东南乡间的软枣树是可以嫁接到柿子树上的。所谓软枣树，只是我家乡人的土叫法，至于它的学名，我却不甚清楚。只记得软枣树总是低矮瘦小，树冠也不甚大，枝干茎叶都与柿子树相似。一到深秋，枝叶间就挑出繁密的黑枣来。我家驴蹄洼六分地的田间，就曾有这么一棵嫁接树，一大半长着柿子，一小半长着软枣，或者一大半长着软枣，一小半长着柿子。究竟是柿子多还是软枣多，我却记不清了。软枣其实不是枣，它黑黑的、小小的、圆不溜溜的，把它从树上打回来，捂进一只小坛里，日久就会变软可食。吃起来有几分甜，也有几分涩，且肉薄籽大，口味不佳，但确实是有几分柿子的余味。

但我母亲曾很严肃地说，软枣树和柿子树本就是一种树，柿子树长在软枣树上，长好了它就是柿子，长孬了呢，它就只能是个软枣。她这么说的时候，我在灯影里竟忽生出几分惭愧——因为不知道在母亲心里，我究竟是长成了柿子呢，还是孬成了带苦涩味的一颗黑软枣。

晋东南乡间的柿子树品种亦多，在乡人眼里有笨与不笨之分，笨柿子结实小而近圆，皮厚肉薄；不笨的洋柿子呢，结实大而四方，皮薄而肉厚。我家里的几棵柿子树皆是笨树，而我邻村姥姥家的柿子树皆不笨，每年都能出产许多大而四方的好柿子来送人。但无论笨或不笨，青柿子黄柿子都不可生食。时近中秋，家乡人从树上摘回成担的柿子，要先热热地煨进一口小水缸里，加严盖子靠火炉放置几日，拔尽涩味后方可食用，乡间俗称“漤（音 lǎn）柿子”。柿子漤好之后，用两根筷子从小缸里捞出来，咬一口很脆，甜得纯正，刚硬，但余味短促，正是柿子味道。

从漤柿子的缸里往外捞柿子，绝对不能用手，而必须用筷子。这并非什么卫生问题，而是你一旦心急伸手，大人就会告诉你，手一伸进缸里，转头一缸柿子就有了怪异难闻的馊味儿。此言也并非大人吓唬小孩，常有不讲究的人漤柿子，一揭缸盖儿，就有这么一股味道令人掩鼻。

柿子漤好的时候，中秋恰恰也就到了。每年的八月十五，晋东南乡间家家都要备好果盘燃起香烟等着月明老爷从房后升上中天。白白的月亮照满院落的时候，往往也就照亮了白瓷盘里罗列堆叠的柿子。月光下的柿子颜色纯正、样貌无辜，如今想来，竟也像当年敬献月明老爷时的乡间子弟。

漤柿子火性，三枚五枚就容易把人吃上火。后来我看日本野史，看到石田三成关原大战兵败被俘一节。临刑前，他说口渴难忍，刽子手出于对这位大人物的尊敬，就问要不吃几颗柿子？石田三成竟说：“柿子生痰，我是不吃的。”旋即又大笑，说：“我都是要死的人了，还怕生痰火吗？”

但有趣的是，幼时在乡间，我竟不知日本有柿子树。只因信了爷爷“日本哪里会有柿子树这种东西呢！当年日本人进到村里，见到树上的柿子摘下就吃。结果呢，嘴都吃肿了”这些话，我就坚信柿子树唯中国才有，而别处绝无。后来长大才知道，柿子树嘛，在日本也是常见的。比如，胡兰成东渡日本，寓所房前便有柿子树几株。他恋上的那位房东的女儿，为渡战时艰辛，便曾沿街卖柿。但我至今仍不知道的是，石田三成临刑时，究竟有没有吃一颗柿子，而东渡后的胡兰成，不知是否爱吃房东女儿的柿子?

我幼时极爱吃柿子，家里漤好的柿子吃到肚里也并不算数，嘴巴一抹，就会呼朋引伴去山野田间摇那些别人家的柿子树。树下摇，上树晃，非要把那几颗熟透的红柿子摇下蒂来，捡起吹吹就吃。红透的柿子在日月风霜滋养中似乎已发酵，果瓤还很耐嚼，浆液却已甘醇如酒。那滋味，并非如今街市摊头的红柿子可比。

红柿子吃过，还要吃柿饼、柿瓣儿和柿顶儿。因为柿子实在太多，漤不完的肥大柿子就会切下顶皮，做成柿饼，连蒂用杜梨树条成串挂到房檐下风干。小一些的柿子呢，就一切两瓣，做成柿瓣儿用席子晾晒起来。风吹日晒霜打之后，柿饼、柿瓣儿和柿顶儿，都会存储到一只一只的小缸里，等它在日月里熬出点点白霜。出霜的柿子，那真是甜啊。

但想来，如今我竟已有二十年未食过一颗柿子了。说也奇怪，进城以来，尤其是来到这太原城中，我对柿子竟心生拒绝。每见街边水果摊头一颗颗四方形的大红柿子，我总掉头即走，像在异乡见了不该见的故人，惹起几分不快的心事。

但异乡的柿子却也惹得起更多的人生滋味。比如去年秋冬，我在北京学习，一位来自四川的女同学去山西旅行，买了几颗太原柿子带回北京。本来说好要赠我一颗以解乡思，但后来因惹她生气，这说好了的柿子，竟不知飞到哪里去了。这位女同学，平素极爱吃柿子，尤好柿饼。所以临近毕业，我乘夜于校门外买柿饼相赠。买柿饼时想到的，除了她那颗飞走了的柿子，更多的是她在福建永定土楼外人家晒柿饼的竹匾摊头，一路偷吃过去的有趣景象。

我还记得北京东城小营北路街头水果摊上的大柿子，见到那些柿子，夜行在异乡寒冬里的我竟然眼窝一热。忍不住蹲下身仔细看一看，那却不是我晋东南乡村经验里的柿子。它们那么硕大，那么艳红，那么像变过形的西红柿，那么像坐在霓虹灯下跷腿的人。不够天真，所以也就不够好。

我把这瞬间的感慨连图发在了微信里，未承想，一位刚刚认识的青年女翻译老师立即给我发来一句话：“我们是晋东南老乡啊！”我回应道：“看见柿子，就遇见了老乡！这多好啊！”

·红柿，绵软小舌头

文 | 陈丹玲

多年后，我见到柿子依旧羞怯，不好意思，而隐秘的甜美心思又是实实在在的。

那年的深秋也是奇怪，山野里仅剩一树柿子，没有叶子，没有人家，没有喧嚣，天空和枝丫都是干净简洁的样子，果实赤裸裸地悬挂着，惹眼得要死。我仰头久久地看，天是蓝的，果是红的，枝是黑的，有些迷离，也有轻微的眩晕。

记得当天，我一只荷包兜着两枚柿子，很是满足，默默在队伍中走回学校。有的同学寻到了板栗，有的同学剥开了核桃，有的干脆拈来了一拢花生，我们那间教室比整个秋天的田野还要饱满和丰富。收获这件事情，大概如礼炮一般，暗藏着能量，可以把渴睡、委顿、沮丧等状态炸个粉碎，一一清空后，心里就装着你想装的事物、事情和世人，安静又踏实地守在一角。

我安静地守在教室一角，桌面上的两枚红柿子，真是令我骄傲啊，它们好像比其他果实生得好看一些。物，生得好看；人，生得好看，都一直是我喜欢又羡慕的。那是一种让人无可奈何的美好事实。比如，给我们上写作课的安老师，她可真是生得好看。安老师上课，我一门心思偷学她的贵阳话，偷学她笑时微微上翘的嘴角，偷学她讲课时的手势，期末考了倒数，我也不知后悔和后怕。

生得好看的安老师让我观察柿子，描述柿子，思考柿子。她说:“来，把这个柿子吃掉，然后给同学们说说吃的感受。”熟透的柿子圆实柔软，皮薄而亮，汁液在皮下荡漾。我不忍心用手捏，也不忍心用牙咬，轻轻拿起吸。汁液甜美，吸尽时，突然一个细软的东西滑进嘴里。安老师让我告诉同学们吃柿子的感受。我木呆了一会儿，最后蹦出一句话:“像吃着小舌头。”是人都能猜到结果——教室里笑声炸开，他们笑得人仰马翻。安老师让我重新打个比方，重新描述。

熟透的柿子汁液丰沛，用力吸尽皮下的果肉，最后仅剩里面的几瓣“小舌头”，软软的，不说话，和人的唇齿相依，一丝丝甜往喉咙的深处滑去……柿子告诉我有关果实与喂养最初的朴素和动人之美，而在那节课后，“小舌头”的绰号久久尾随我。同学们远远地喊:“红柿子挂岩口，哄妹仔往家走，追开鸡撵开狗，碰碰你小舌头。”一哄而散的嬉笑里透出成长的迷茫，透出俗常的暧昧。我受到羞辱，便有些格格不入，变得沉默起来，而我的性格原本不是那样。

我很讨厌自己看到浆果时的某种感受，它们让我禁不住产生一些仿佛极不光彩的想象。比如看见一串又一串紫黑葡萄，我会联想到非洲大地的小乳房，它们圆润甘甜，美丽动人，闪耀在太阳底下，带着滋养生命的美好和圣洁。可是我再不敢说出来，即便写出来，也跟同学们一样，把葡萄写成闪烁的黑眼睛，似乎这样就要高尚纯洁一些。我妈真会安慰人，说："可能是小时候总是被外婆抱着到处去求别人喂奶的缘故，吃不饱，欠下的心病。"我笑得脸绯红。想来更脸红的事是，有一位邻居男生跑来，只为与我分享他新摘下的柿子。我拍掉他伸过来的手，头也不回地走开了，觉得那是极大的羞辱。男生站在原地莫名其妙，不知所以，我们不欢而散。至此，我绕开他，也绕开柿子树走路。那年我十四岁。

此后，两枚柿子藏在心中，陪我穿过青春所有说谎的日子。

"老婆婆打柿子——真是照着软的捏。"这是黔地的歇后语。面上的意思似乎很合理，听起来也挺顺耳，大概是老人家眼睛不太好，挑摘柿子时用手去探索，硬的不敢要，软的正合心意。事实上，会听话的人能慢慢嚼出其中滋味，话中之话饱含了软弱、憨傻、好说话、好欺负的意味。黔地山多，谷深，林也密，大概人们的话语和情感也随了这里的环境——隐忍、曲折。外人要是出此言，那是挑衅，嘲讽。若是妻子和父母对你说这话，话里话外是又爱又恨。尽管如此，与柿子甜软的“小舌头”相比，我和伯爹还是感受到了伯妈舌头的结实和锋利。很多时候，我心里十分不情愿把柿子和伯妈放在一起说事，她远远没有柿子生得好看，我估计伯爹也和我一条心。修公路时，伯爹把田让出来一块。伯妈说：“别人家都没让出来就你积极，软柿子。”货车不小心压了家里的鸭子，司机赔尽了不是。伯爹把鸭子埋了，让司机快开走，别堵了路。伯妈又说：“让司机那么轻松地走了，你真是软柿子。”分家时，伯爹认了一棵小的柏木树，将大的那棵留给了兄弟，伯妈用“软柿子”砸伯爹的耳朵，一天至少“砸”三次，伯爹也不理睬。实在听厌烦了，他也会回击一句：“全天下的人都是软柿子，就你一个人是硬柿子。”伯妈被这句话呛在那里。这时我就会调过头，看看对面的山坡。山坡上有一棵柿子树，十分自我又默然，记不清多少年了，它独自开花结果，结果又开花，坦然地我行我素。我就想，伯爹要真是那棵树上的一枚柿子，其实也不错。

在黔地，柿子也有硬气、锐利、激烈的时候，当然这时柿子还年轻。有一段岁月，我们有幸与柿子一样年轻，寨子里的老人说我们和柿子都是青包包。青包包意味着不成熟，艰涩，脾气硬，性子犟。一两个老人坐在寨口的老柿树下，如磨盘一般坚定又沉默，不管人来又人往，不管蛇入草龙升天，也不管风吹柿叶动，枝头乌鸦叫，他们都不声不响，只用目光扫你一眼。我一直坚信，老人们的目光与医学上的X光有着某种相似的效果，可以穿透你的骨骼，穿透你的岁月和隐秘。太恐怖了，我往往都会揣着那点指甲盖大小的心思，绕开他们走。青包包柿子也恐怖。看着光鲜诱人，一口咬下去，舌头、舌根、牙齿和双唇立马会像被武林高手点穴了一般，全麻木了，从口腔和喉咙开始，像有一条魔绳从体内捆缚了你，整个一天你在变僵硬。凭此，我们一伙无所事事的学生娃给青包包柿子取一个别号——“一口封喉”。

柿子在舌尖留下什么滋味，罗兰溪就在我的记忆里留下了什么滋味。

老柿树守在罗兰溪的寨口上，它能看见所有来过这里又离开的人们。不知老柿树在这里活了多久，它的树龄成为整个罗兰溪的谜，但比起眼前的生计，这个谜对人们的吸引力几乎为零。我想，老柿树对活着这件事情，有足够的耐心。这是树的美德。

小霞姐住在老柿树下，活到第二十年，因为与婆家人吵架，她靠着老柿子树喝下了半瓶农药，像靠在一个可信赖的臂弯里。寨子里来看望的人都觉得惋惜。外婆来看了，说：“这姑娘没出息。”

看惯了从生到死、从合到分，老柿树怎么想我们不得而知。只是满树半生半熟的柿子，一些会在夜里掉落下来，路过的人见了只是唏嘘一番，还没熟呢怎么就掉了，然后走开不予更多理会。若有一枚刚好挡了路，就一脚踢开，或者直接踩过去。外婆没有踢开半生半熟的柿子。她捡起它们，削皮，用棕叶骨穿了，成串成串地挂在灶台的炕架上，经受每天的烟熏火燎，过些时候取下来，用清水洗净，吃起来甘甜糍糯，绵软柔韧。有时，外婆会把半生半熟的柿子放入一口陶罐，将陶罐倒放在一个大盘子里，最后朝盘子里加清水，捂上一段时间。陶罐又笨又哑，它长久地倒立着，大肚子里捂了那么多东西，偏又说不出来。半夜里，我能听见陶罐发出咕噜咕噜的闷响，而后，一夜无话。

到后来，柿子去除了艰涩和生硬，怎么样都是甜的、糯的。在罗兰溪，像外婆一样的人深谙老柿树之谜——甜，是时间深藏的秘诀。

花要离开，果要来。我是外婆的长孙女，小时候在她身边待了六年多，待我出嫁时，柿子刚好熟透。外婆的肺病更加严重了，她的胸腔里喉咙里像塞入了很多生果子，生果子透出多年风雨的寒意，也透出多年烈日的灼烤。这是外婆今生结出的一枚苦难果实，终是不如一枚柿子甜美多汁。从罗兰溪到我举行婚礼的寨子，外婆是走不动了，她一边喘气一边费力地对我妈说："你们要是不忙，就用竹椅抬我去婚礼上看看吧。"当地的风俗是，老人不能死在外面，这样就无法进自家堂屋，安设灵堂，这对生者是绝对没有尊严的事情。那些天，大家都想象着外婆的死，怕她最后不能死在罗兰溪，默默放弃了抬她来参加婚礼的想法。

后来，从罗兰溪去参加婚礼的人顺着河谷走，外婆就靠在老柿树下，目送行人。树叶全掉光了，满枝头的红柿子犹如张灯结彩，外婆默默无语，深秋的风吹动满头白发……现在想来，那该是外婆多么凄惶的时刻。

常年居住在黔东大地上的人们，种桃，种李，又种橘，却很少有农家刻意种柿子。见着的柿子树大都苍劲，生长的力道往骨子里收，不婉约，不多情，不牵绊。大概是好生长的缘故，山里人不会特别地侍弄柿子树，它在深山里、村寨旁、半坡上自生自活，自观自在。这种冷寂的生，容易的活，缓慢的熟，往往让柿子错过火热的收获时节，深冬了，天冷，它们才在那里红，特别红，这也引不来人们对其珍视和疼惜。收获过后的大地和人们都太需要松弛，该歇一歇了。好吧，让满树红柿子依然挂在树上，多少给雀崽们留点过冬的吃食。我特别怕深秋在野外突然遇见一棵老柿树，四处萧肃，唯有它黑黑的枝干上挑着果子，喜盈盈。落木萧萧，喜气盈盈，这种反差会撞得你一个趔趄，令人又惊又喜，又有强烈的孤独感袭来。

最喜欢在梵净山下的护国禅寺看柿子。秋末冬初，树叶尽落，一棵柿树靠着护国寺的围墙，霜凝柿子。护国禅寺始建于宋建炎三年，是明代梵净山四大皇庵之一。山风很大很清洁，吹得高天蓝融融的。蓝天下是护国寺的红墙。红墙内有红柿子，红柿子挂在黑丫枝上，沉实，厚重，特别像古字画上钤的那枚朱砂印。暮鼓敲响，会有乌鸦滑落在枝头，一黑，一红，颜色分明得很，入画入镜入记忆，都是绝配。曾在书店里翻名人画册，无意中看见齐白石先生画的《柿鸟图》。齐白石先生该是特别喜欢柿子，可他画与柿子相伴相衬的那只鸟是一只彩色的，喜庆倒是喜庆，可我暗地里认为，不如画一只墨色的鸟，衬得柿子在画里的意味更彻底更纯粹。我喜欢一树柿子熟透的样子，什么都有个透彻，一切重归于洁简。

也是奇怪，乌鸦在护国禅寺里会很少发出声音来的，它们就守着红柿子，庄严又不乏喜气，我认为这一点衬映倒是给寂静肃穆的古寺院带来一些烂漫。寺种柿，柿靠寺，寺老，柿老，事老，是老了啊！我迷恋于对事物之间某种蛮有意味的遐想。万物都有存在的美妙。

在天津蓟县的寄静山庄，也是古迹深深，我没遇见多情的乾隆爷，却遇见了柿子——方柿子。

清晨，睁开眼，窗帘被拉开一条缝儿，赵娜长发披散，杵在窗前，埋头不得语，头发遮了大半个脸。“哎呀，你做哪样子哦，以为是女冤魂，清早八晨的，你骇死个人呢!”和赵娜在一起，她一向不让我说半生不熟的普通话，命令我说烂熟的方言，她说好听，说慢一点就完全能懂我的意思。在天津蓟县，除了方言和赵娜，我什么都没有。尽管说得急促，赵娜还是听懂了，说:“骇不死你，但能惊死你。”她让我起床，示意我去窗前。一棵柿树长到和住的楼层一样高，枝丫上的柿子不是圆的，是方的，中间一条凹陷的沟，看去像头上戴一顶帽子。这不是嘲讽人时说的“方脑壳”吗?样子古怪又傻不拉叽，活灵活现的方脑壳嘛，哪是柿子。我使劲儿忍住，没笑出声来。

蓟县的柿子黄灿灿，不像黔地柿子的嫣红圆实。天大亮时，寄静山庄四周的农家、路旁、山谷里都有满树满树的柿子。赵娜说:“柿子是太阳最忠实的子民，一生保留着太阳的颜色。”难怪当年乾隆爷从京城赶来蓟县游览盘山，当地百姓献上的就是这黄灿灿的柿子，象征意味极浓。

赵娜要为满树最忠实的柿子写一首诗歌，她在窗前开始了大声朗诵。朗诵的舌头，柿子柔软的小舌头，让我想起沈德潜在《唐诗别裁》里讲的唐代诗人刘禹锡。在政敌看来，刘禹锡有一条带毒的不屈服的舌头。因为“永贞革新”，刘禹锡反复而长期地遭贬谪，好不容易被召回长安，他偏偏去玄都观吟诵诗歌，又遭贬。他的贬谪生涯，竟然一共是二十三年，白居易也曾为他鸣不平。再召回，他又去玄都观。还吟诗不？当然吟！也是服了这位刘老先生，一条舌头真是倔强，越压越不服，见不公不平，他敢骂敢吼敢怒。我抬头再看赵娜，同为诗人，身处帝王曾出入过的寄静山庄，她在诗情里痴迷辗转，而我却仍然想念刘禹锡。当刘禹锡遇见柿子，两条舌头轻触时，他又开始吟诗了："晓连星影出，晚带日光悬。本因遗采掇，翻自保天年。"这次不是对政敌的鄙视和讽刺，这次是诗人命运与柿子生长的惺惺相惜、感同身受，是对生命的体恤和悲悯，有了人生的豁达、自信和漫不经心。

在诗歌之外，我无所事事，却看见树杈那里有一只丢弃的鸟巢。空鸟巢上方刚好悬着一枚柿子。黄灿灿，晃悠悠。假若鸟儿还在，它们飞进飞出时也许会碰到这枚柿子。这么好的住处，抬头有天赐甘果可食，低头有久远时光可忆，两只鸟儿，哦，或许只剩一只了呢，它们去了哪里？

即便离开了这么久，我犹记得一树柿子，一只空鸟巢，一个女子，一首诗歌，让那个异乡的清晨充满了无尽的情味。

自然，情味由柿子带来，诗意由柿子传达，仿佛这果子真的长有小舌头。这果子在人间、在山野、在诗画里寂静生发，小舌头却一直不停地说话，传情，达意，试图慰藉凡夫的性情，慰藉诗人的硬骨。

·北京的柿子

文 | 周华诚

香山脚下也有人卖柿子，也四四方方，摊主说那叫“盖柿”。我想起“盖世无双”几个字。

二禾君，柿子是很吉利的。画一幅全是柿子的画，就可以题名“柿柿如意”；要是柿子与芋头画在一起，便是“事事遇头”，啥事都能有机遇，送人也有面子。齐白石画了几十幅柿子图，画中柿子个个憨态可掬，意气欢喜。上次我去逛北京的老胡同，就在齐白石的故居里见到一株柿子树，一颗颗柿子挂在枝头，好看。那四合院里也有一棵石榴树，石榴在深秋咧开嘴，一眼可以看到猩红的果实。

老舍的故居里也有柿子树，他的院子，自己起了名叫作“丹柿小院”。南方人院子里爱种石榴、枇杷、桂花，柿子少一些。文人的院子里最爱种石榴。石榴花好看呀，至于果实，倒真的不一定要摘下来吃，画在画上就很好。

南方柿子圆溜溜的，北京的柿子是四方形，上面还有一个盖，有点像茶壶盖，怪不得叫“盖柿”。据说是清凉的——

天气冷下来，鲁迅文学院的宿舍里还没有开暖气，有同学就叫冷。其实我一点也不觉得冷。我怕热，尤惧怕北京暖气的干燥。以前冬天到北京，最受不了又热又闷又燥的暖气，夜不能寐，犹如困兽。霜降的时候，城区还没有集中供暖，我希望供得晚一些才好。

如果暖气太干，倒是可以吃柿子解燥——南京人黎戈说柿子是“冬天最贫贱的水果”，而且“大冬天被暖气烘得口干舌燥，此物正是最解燥的冷饮”。黎戈出了新书，某天晚上我读到这一句，才知道柿子有这功能。我被北京暖气的干燥弄得烦躁，唯一的办法是拼命喝水。可是喝水也不顶用，水分输送不到身体的边远角落去，皮肤干，鼻子也难受极了。我只好用土办法，在房间里加湿。一台加湿器整天开着，再把一个电水壶也开着，水煮开了，一直咕嘟咕嘟地冒泡，水汽氤氲，居然有了一点仙境的意思。有一天晚上，鲁院的保安来敲门，说你在房间抽烟了吗？我一头雾水，因我从不抽烟。回头望见房间天花板上烟雾报警器红灯一直闪着，才知道是地上水汽蒸腾所致，不禁哑然失笑。

二禾君，有一回南方朋友过来，我也带去牛肉面馆吃面。出来的时候，看到两个男人站在水果摊外面吃柿子，吃得两手都是黏乎乎的汁水，还有软蔫蔫的柿子皮。因为嫌麻烦，我不喜欢吃柿子（事实上，因为嫌麻烦，我也不喜欢吃芒果和猕猴桃）。从前在南方的故乡，村里分回来一篮青黄的柿子，大人细心地藏在米缸里，也不记得过了多久，拿出来时，表皮上依然敷着一层薄薄的白霜，柿子却已经发软，似乎吹弹可破。

那时候村里有一棵古老的柿树，到了秋天柿子成熟，全村老小都会集到树下来。年轻身手又敏捷的小伙子，就会上树去采摘柿子，一筐一筐地用绳子吊下树来。最后由村里的老人，统一过秤后平分到各家各户，孩子们抱着一篮柿子欢喜地回家去了。我见过几次这样的场景。然而最后一次，大概是因为柿子分不匀，就有鲁莽的家伙把整个的大枝丫砍下来，连果带叶据为己有。别的人当然也很不服气，拿了斧头在根上砍起来。这样的瓜分真是令人瞠目结舌，居然没用多久，一棵数人合围的老柿树就轰然倒地，然后连树桩也给瓜分了个干净，只留了一地的柿子汁液，以及残枝败叶。那时候，我人还很小，却第一次见证了柿树的消亡过程，并感到了人心的可畏。很多时候，一旦群体做起恶来，破坏力真是巨大，简直不可收拾。那以后，我再也没有吃过村里的柿子了。

二禾君，我前面不是说去香山吗，是去看香山的红叶。这个时节红叶漫山，人也漫山。爬山的时候，不禁想起几句诗：

两人对酌山花开，

一杯一杯复一杯。

我醉欲眠君且去，

明朝有意抱琴来。

满山红叶中，我想你若在这就好了，可以一起喝点酒。

· 富平的柿子

文 | 蔡立鹏

这几年，要说故乡秦地富平最为人所知的“明星”物品，当属花椒和柿子。

其实，也不算一夜爆红，这两样东西在我的记忆之中，一直都承载着对故乡的思念，是常会出现在梦里的特殊符号。

只是某些摧枯拉朽的巨大能量，让这些原本在沉默处固守的东西跃到前台，成为大众关注的焦点。

特别是柿子，还被赋予了“事事（柿柿）如意”的说法。一到入冬，富平柿饼的影子就在微信朋友圈里传来传去，俨然一个“网红”，特别是刚刚过去的这个冬天，由于一部由陕西籍女演员王茜华领衔主演的央视大剧《岁岁年年柿柿红》在当地的拍摄，加上多年网络营销的造势，上好的富平柿饼一枚难求。

好在因为血浓于水的亲情，我还能吃上家乡最好的柿饼。

表弟的岳母家多年来一直种植柿子，以及加工柿饼。

每年快要过春节的时候，母亲总会收到表弟从老家寄来的柿饼，好像是在空间上已经愈来愈遥远的故乡定时发出的信号，延绵却强烈，将那些已经过去的影像投射在心房，这熟悉的脉动是跨越千山万水的连通。

手捧着这些挂满白霜，从不华丽包装，而是安静地躺在牛奶箱子或者方便面箱子里的，总是覆盖着一层柿子皮的柿饼，虽然没有熏制过后的金黄，那朴素的外表依然能将我的心瞬间拉回故乡。

人对一种植物的念想，有时候其实也是对附着其上的情感的回味和反刍。

记得小时候，柿子树实在是家乡最为寻常的一种植物。

在我家“西南里”和“窑背上”的地边都有柿子树，所有权虽然不属于我们，可是每到柿子成熟的季节，爬树摘柿子好像也没有人过问。

那时的柿子树大约还不是成规模种植，那些零星分散在埝头、地畔、山腰、路边的柿子树，大多都上了年纪，树枝散漫，树皮皲裂，不见有人打理，花开花落、瓜熟蒂落，一副自生自灭的样子。

只有我们这些饥饿的孩子们才关注这些柿子树。

大约是开春的时候，柿子树就开始发芽开花，苍翠蓊郁，其间点缀着白色的小花，随着小花的部分凋谢，孩子们就想象着柿子丰收的时候。

柿子枝头　刘硕　绘

慢慢地，就有小拇指头大小的柿子在花蒂上长出，像是婴儿的小脑袋一样惹人怜爱。到了盛夏，青柿子就长大了，有圆圆的尖柿，有四方的盘柿，虽然还没有成熟，但是闻着风中略带苦涩的清香，孩子们已经口水泛滥了。

偷偷摘下青柿子，拿回家泡在碱水里，或者用碱水煮，大概过一夜就能吃，被称作“煮柿子”。再或者放在麦草中，待到软乎一些，就可以吃了，虽然味道有甜有涩，但已然是那时候的美味了。

也有人将落在地上青绿的柿子收集起来，放在瓷瓮里发酵酿成鲜美的柿子醋，比用玉米酿制的苞谷醋味道要好很多。

挨到秋天，柿子开始变黄变红，有时叶子落了大半，只留满树的柿子挂在枝头，红彤彤的，像灯笼一样。

这时，村里的大人会管着孩子，不让“糟蹋”这些快要成熟的柿子，安静地等待它们变软。

偶尔，会有落在地上的柿子，我们会捡拾起来。

这些柿子已经成熟了，拿在手里，在衣襟上简单擦一下，咬开一个小口，手一捏就会有甘甜的汁肉流出来了，那甜蜜，那凉爽。

有时，嘴里寡淡的孩子们会将大人的叮咛抛到脑后，偷偷来到柿子树下，流着哈喇子，张着嘴仰头看，眼巴巴地想搜寻到一个蛋柿。看到“猎物”，在口水肆虐中便吭哧吭哧地爬上了树，颤颤巍巍地爬过去，终于够着了，便轻轻地摘下来，放在嘴边美美地一吸，人间美味的感觉立马充盈了每个神经末梢。

这时候，完全顾不上从树上滑下来时蹭破了的裤裆，引起哄堂大笑。

等到红色越来越浓时，柿子就真正成熟了。

村里的人会让孩子爬到树枝上，拿着藤条编织的框子，仔细地摘下柿子放进去。

那时做柿饼主要是自己食用。离我们村十多里的亲戚家在山跟前，柿子树相对较多，他们具体是怎么旋的柿饼，我并不知晓，只知道那里的柿饼味道已经定格成我味蕾里固执的故乡标准。

每次春节到那里的亲戚家拜年，总能吃到白绒绒一层挂霜的柿饼，这也是那时过年的一个念想。

在贫困的岁月里，人们珍惜自然界每一样难得的存在，那些烂了的柿子也不会扔掉，会被人捡起来堆积进缸里，任其发酵，来年春天打开后，揭去上边一层霉烂了的“盖子”，一股浓郁的酸香便扑面而来，尝一口似能酸掉老牙。于是放这些柿子到底有小眼的瓦盆里，挑两担深井的清水，倒进去任其细细地流，两三遍后便成了清香可口的“柿子醋”。

听母亲说，祖母当年九十多岁高龄即将离世的时候，全身无病，就是吃不进去任何东西，嘴巴里念叨的居然是“软柿子”。后来，父亲和爷爷从很远的地方找人寻觅到几个柿子，给祖母剥皮，挤汁，她吮吸着这甜蜜的汁液，连声说：“香，香，香。”

祖母在人间吃的最后一顿美味就是柿子。

此后很多年，我远离故乡，远离那个会有红柿子挂在枝头的村庄。

一切景象好像都模糊了，一切消息好像也遥远了。

然而，命运里，总有些东西会以千丝万缕的形式和你牵连，纠结你的心。

就如这每年如期而至的柿饼，它从故乡遥远的村庄地头，沾着许多双手的温热，在一些目光的注视里，跋山涉水来到我和母亲的手里，打湿我们的眼眶。

去年，我和家人回老家，在离村子十多里的地方，那个叫曹村的乡镇，据说已经被认定为世界柿子优生区，也是陕西乃至西北地区最大的柿饼加工、销售集散地。这里北部有依山而建的唐丰陵，拥有二万亩大柿园，千亩杂果林，有我国首座以柿子为主题的博物馆，沿山一带还分布着上千棵百年以上树龄的古柿树。

每年秋季，柿红山野，这里新建的农家乐里人满为患，全国各地的游客纷纷慕名而来。

最近几年，有身边的朋友过年去日本旅游，说日本人很爱吃柿子，当盘饰或者甜品，甚至连柿子叶子也要珍惜，在奈良看小鹿的路口就有专门用柿子叶做饭团的饭店。

更让我吃惊不已的是，看到电视纪录片里日本吉野市全球唯一的柿子博物馆居然有“世界上柿子的主产国为中国，柿子的优生区在富平”的记载，2001年，富平县被国家林业局命名为“中国名特优经济林之乡——中国柿乡”。

终于，家乡的柿子像是一个从村姑出落成千娇百媚的新嫁娘，引来无数艳羡的目光。

有一次，在街上看到水果摊上有黄色干巴的柿饼出售，我抱着试一试的想法买了几个，放到嘴里，立即又吐了出来，这哪是柿饼的味道啊，仿佛心里一个美好的东西被瞬间刺激，从此再也不看这些来路不明的柿饼。

时代在发展，我的故乡早已不再是那个贫穷的地方，随着旅游业发展，开发特色食品已经成了通行的做法，富平柿饼已经成了家乡的主打产品。

听说周围村里很多人已经将田地种上了柿子树，这些新品种更加高产，更加美味，价格贵了很多，当然包装也更加精美。

可是不知为什么，我还是怀念那些零散地分布在田边地头的柿子树，怀念从故乡寄来的、包在报纸里、装在各种因陋就简的箱子里的柿饼，就像忘不了那沟壑之间，那村舍巷道里的一声声呼唤。那才是故乡念念不忘的声音，是生命挥之不去的底色，是连接血脉亲情最好的纽带。

或许，家乡地头那些随意散布的柿子红，不仅丰富了我的童年岁月，也会持久地温暖我的成长之路，走得再远，恐怕也忘不掉了。

·台州的柿子

文 | 王寒

要是没有红柿，台州的秋天便清冷多了。

秋风起时，柿树上挂满的青青柿子，一点点开始变红，到了霜降时，便有明艳喜庆的颜色，就像新嫁娘的大红嫁衣，看着就令人喜悦。“遥看一树凌霜叶，好似衰颜醉里红。”几棵柿树，把秋天点缀得红润又充满风情。

台州农家的院子，常见一两株柿树。春夏时，它们一概水静渊深，一到秋天，一树红柿，好像风中的灯笼，在天空下分外耀眼。在一片橙黄橘绿中，它的那种艳红，就像当红的旦角，把人的目光全吸引了去。

我喜欢柿树，在老辣沉着的秋树面前，柿子的那种旷达，有丰收在望的底气，让人觉得稳妥和踏实。等叶子落尽，枝头上留着红红的柿子，树干黑褐似铁，遒曲如龙，苍郁中有生气。昔年倪云林、黄公望喜画柿树，当代画家张浩也常把柿树入画，枝头仅剩的几片叶子，红红的果实倒有几十个，挂在枝头，看着就让人眼馋。

在古代，植物的叶子常用来题诗，韦应物题：“尽日高斋无一事，芭蕉叶上独题诗。”不过他又嫌“题诗芭蕉滑”。司空图曾题诗于荷叶：“故园虽恨风荷腻，新句闲题亦满池。”李白曾有“流夜郎题葵叶”，李峤则把诗写在柳叶上：“复看题柳叶，弥喜荫桐圭。”张籍落笔菖蒲：“向晚归来石窗下，菖蒲叶上见题名。”杜甫则是“桐叶坐题诗”。而柿叶，比起其他植物的叶子，写起字来似乎更顺手。那个被发配台州的唐代大才子郑虔，少时聪颖好学，资质超众，弱冠时却举进士不第，困居长安慈恩寺。他“善图山水，好书，常苦无纸”，见寺内存有柿叶数屋，遂借住僧房，日取红叶学书，天长日久，竟将数屋柿叶通通写了一遍，终成“诗书画三绝”的一代名家。

以柿叶为书的不止郑虔一人，元末明初的黄岩人陶宗仪，应乡试不举，弃家出游，避乱于松江南村，他在南村课徒之余，躬耕田野，笔砚不离身，每有所见所闻所思，就随手记在树叶上，投入瓮中，埋于树下，十年后积了十多瓮，这些叶上文字，最后编成《南村辍耕录》三十卷。有人考证说，陶宗仪记事之叶，便是柿叶。

红柿在台州是十分常见的水果，霜降时节，漫山遍野的红叶枝头，挂的都是鲜艳诱人的柿子，有“燃云烧树，金乌下啄”之景致。明末思想家黄宗羲就赞美过台州的柿子：“临海饶风物，旅情亦渐移。朱栾山客饷，方物野僧遗。村酒成红曲，山肴脯柿李。”他是识货的，知道台州柿子的妙处。

台州各地，柿的品种着实不少，临海的红柿、玉环的长柿、三门的牛奶柿、黄岩的甜柿，都是柿中佳品。光是临海的柿子，就有八棱、丁香、方柿等十多种，色彩也很丰富，有红、绿、乌、黄数色。当地农谚说，“立秋胡桃白露梨，寒露柿子红了皮”。方柿成熟得最早，八月底就成熟，采摘后浸水脱涩，食时须刨去果皮，口感松脆，十分清甜。我在日本吃过一种柿子，蒂头比台州的方柿略大些，同样清脆爽口，可以切成片，当餐后水果，我很喜欢这种清脆的口感。

朱红柿比方柿成熟得迟些，秋分、寒露时节便可采摘。朱红柿红艳艳、软乎乎，是另外一种味道，轻轻一吮，便觉鲜甜与清凉。台州俚语“老姆娘呒牙齿，水果要买红冬柿”，指的就是这种柿子。玉环三合潭的长柿相当出名，红润可爱，甜润沁肺，可以用这八个字称道——色胜金衣，甘逾玉液。三合潭村有一株两百多岁的柿子王，看上去，简直就像老树精，丰年时，这棵柿树可产柿八百多公斤。

台州人豪爽，善饮，而相对的，台州的水果，也多半能解酒，像文旦、橘子、甘蔗，都是天然的解酒药。柿子当然也能解酒，否则就不配叫台州佳果。

柿子晒干后，就成了柿饼。清代《调鼎记》里记录了做柿饼的方法：去皮捻扁，日晒夜露，候至干，晒纳瓮中，待生霜，取出即成柿饼。柿饼柔韧甘美，有清热、润肺之功能，它上面那层薄薄的、白白的糖霜，可以治口疮和咽喉痛。秋燥袭来时，吃上几个经霜的柿子，最好不过。

冻柿子也是别有风味的，有一年寒冬，到东北的林海雪原睡火炕、吃冻柿。数九寒天的时节啊，一边吃着硬邦邦的冻柿，一边冷得牙齿格格响，却觉一股清凉入肺中，相当痛快。

秋天时，乡下亲戚会送一些土柿子过来，这些柿子采摘得早，像石头蛋子般硬。放在谷糠或松针里，上面铺几把稻草，以防风把柿子水分抽走。过个三五天，柿子便会慢慢地脱涩软熟，由金黄色变为朱红色。我喜食柿子，五六个柿子一口气吃完，还意犹未尽，可偏偏被某人告诫不能多吃，说柿子性寒，吃多了伤胃。哼哼，我才不管呢，吃痛快了再说。

卷五

色：草木之美

（文|周围）

想象力比知识更重要。

——［美］阿尔伯特·爱因斯坦

许多人知道蓝印花布：那是一种穿越时光之后的质朴之美。

祝勇在《蓝印花布》一书里这样说：

蓝，越旧越美。对于许多颜色来说，时间的累积只能增加磨损，令它们显得衰败和不堪。旧蓝则别有味道，恍若陈酒，或老去的亲人。它条理清晰的纹脉里混合了山野的气脉和时光的表情，让人想起所有经历过的岁月，以及在岁月中积累着痛楚与快乐的吾土吾民。

蓝印花布所使用的染料，就是众所周知的植物——板蓝根。板蓝根的草，就是蓝草。把蓝草和石灰搅拌在一起，腐烂、发酵，按照一定比例加入适量清水和米酒，天然植物染剂就做成了。

以蓝草等大自然中生长的含有色素的植物作为染料，对被染物进行染色的方法，叫作“植物染”或“草木染”。千百年来，劳动人民早已有此智慧。近些年更是受到热爱自然、喜欢天然之物的朋友们的追捧。此种染色天然健康，颜色柔和，且植物沉静柔和而具有安定力的气质、色泽与色感并不因时日而改变。

在漫长的光阴中，人们通过实践总结出来，许多常见植物例如绿茶、红茶、柿子叶、苏木、五倍子、紫草、荔枝皮、山竹等，都可用来做植物染。而许多人并不知道，柿子，亦可作为染料的一种。

·你不知道的柿漆

也许大多数人跟我一样，一开始也不知道柿漆是什么。

把还没成熟的青色柿子果实采摘下来，捣烂，置于缸中，加入清水搅动，放置一段时间，将渣滓除去，剩下的胶状液，即为柿漆。

这东西始载于《本草纲目》，算是一味药——别名柿涩，药味苦涩，功效为平肝、降血压。用现代科学观点来看，这胶状液中含鞣质样物质柿漆酚（shibuol）、胆碱（choline）、乙酰胆碱（acetylchline）。《现代实用中药》中提及："治高血压。柿漆一至二匙，用牛乳或米饮汤和服，一日二三回。"

但这柿漆平时并不能接触到。有一次，一位朋友在日本留学，无意中发现在日本乡间一个叫大河原的地方，还有这样的柿漆厂。工艺并不复杂，也是将未成熟的柿子榨出汁来，然后去除渣滓后沉淀，沉淀几年后可当作油漆来使用。据说日本的柿漆的工艺，也是从中国学的，最早可追溯到中国的明朝。

日本的漆器很有名，以至"japan"（漆器）成了"日本"

的英文国名，就像“china”(瓷器）之于中国一样。日本的漆器大多是生活器皿，建筑、梁柱及大型家具倒不太多上漆，一般只在原木上涂一层天然的防护涂料，而柿涩（或叫柿漆）就是常见的一种。

日本的传统柿漆制作，一般是在八月底九月初，将尚处于青果期的柿果摘下，放进布袋，再把布袋放入石臼，以棒槌压榨取汁，将果汁装瓶后，埋在地下或是放置在阴凉处发酵并保存，待用时取出。另一种方法则是把青果采摘、切片后，放入装满水的容器中静置一夜，之后加水搅拌成果汁状，静置发酵一年。

化工油漆中含有甲醛及其他对人体有害的成分。用柿子制作的油漆，因其来自天然，确实相当环保。因此日本研究人员还在柿漆的基础上，加入胡麻油、桐油、米蜡等其他纯天然材料，形成别的天然油漆产品。

难道源自中国的柿漆，反而在我们自己这里却消逝了吗?

功夫不负有心人。2018年春的一天，我来到杭州富阳乡间，寻访隐藏在这里的纸伞手工艺人。起源于清末民初的富阳纸伞，至今已有100多年历史，畅销各地。老百姓外出，纸伞是必带之物。“晴带伞、饱带饭”，民间谚语里隐藏着生活的智慧。

金竺村是个山清水秀、遍山翠竹的小山村，我在这里找到了一家完全依靠手工技艺制纸伞的作坊。作坊的主人吴荣奎，年近古稀，从当年学做纸伞至今已逾四十年，而今已是浙江省非物质文化遗产传承人。富阳纸伞所用的纸都是皮纸，即树皮做的纸，也叫桃花纸。树皮做的纸纤维坚韧，牢固，不容易破。北京质量检测中心检测过，一把富阳纸伞可以开合2000次左右都不会坏，韧性极好。富阳纸伞所用材质纯天然、环保，无任何化学材料。伞骨经煮晒、染色，结实耐用，能防虫蛀；伞面绘有传统的手绘花鸟、富春山水图案，也有清一色大红、鹅黄、淡紫等，雅致天成。在制作过程中，所用的胶水，是手工自制的木薯淀粉胶水，这种胶水黏性特别好，纸伞不会脱胶。而纸伞所用的油漆，更为讲究，一般是桐油和柿子漆。

“我们把青柿子或白柿子捣烂以后，放到锅里煮，煮到270℃到280℃，再盛出来放凉，那个透明的东西就是柿子漆。”吴师傅介绍说。

用桐油上漆，颜色会慢慢变黄，而柿子漆则不会变色。“这些都是老底子传下来的手艺。”吴师傅说。

同样，在杭州余杭区瓶窑镇的西坞村，也有制作纸伞的手艺人，吸引了不少人前往探访。在其中一次探访中，手艺人透露他们是如何完成伞面的工艺的——“做好伞骨后，接下来是穿伞，穿伞得用丝线，而非棉线。然后是糊伞，用桃花纸做伞面，浸到柿子漆里。”

其实柿漆还是制作黑纸扇的重要材料。杭州的扇子与杭州的龙井茶、丝绸并称“杭城三绝”，其中黑纸扇的制作工艺，比其他纸扇更加复杂，采用的原材料几乎全部为天然物。黑纸扇的牢固性、实用性、美观性、传统性是其他白纸扇无法比拟的。

和纸伞一样，黑纸扇也是传统产品，以“毛全本”“全棕本”为上品。“毛全本”用六年以上冬竹劈削后制成，“全棕本”用高山棕竹作扇骨。黑纸扇的扇面，也会画上各种美丽的图案，有金银色画，有彩绘，有融雕刻和绘画于一体的铲贴画，还有用金箔、银箔刻成的图案与人物，可谓匠心独运。因此，黑纸扇在清代，还作为贡品进贡给朝廷。

黑纸扇的秘密，也是在质地绵韧的桑皮纸扇面上反复涂抹了柿漆，才变得乌黑透亮，使其雨打不透、日晒不翘，经久耐用。

“涂刷扇面的柿漆要用力搅拌，搅拌后提至二尺高，漆液下垂成丝而不断，颜色乌黑而透亮时，才合用。”

·柿漆的工艺

南京艺术学院李雪艳在《尊卑贵贱，望而知之——明代草木染色与等级制约》一文中论述了明代历史中草木染色与帝王、官员、庶民不同身份所用染色材料的不同。这位学者对于草木染色的研究造诣颇深。在她的另一篇学术论文《中国的柿——民艺个案研究一例》中，详细记录了她探访民间染工如何运用柿染工艺的过程，包括对国内唯一一家从事柿漆加工生产的企业做了详细的记录：

成立于1987年的淄博世佳保健品有限公司……最初是作为相家村的乡办企业而成立，原厂址在临淄区相家村村委会院内，1991年搬至淄博开发区，由原名“临淄柿漆厂”改名为“淄博世佳保健品有限公司”。企业性质也由过去的乡办企业转变为中日合作企业……该企业充分利用本地涩柿资源，为日方加工柿漆作为食品添加剂与酒类清澄剂。

由此看来，柿漆不仅是一种油漆涂料，也可食用——这与《本草纲目》或《现代实用中药》提到的意见一致。毕竟，柿子本来是一种可供食用的水果。

一枚柿子挂在树梢，既可能在尚未成熟时摘下，用于制作柿漆，也可能在成熟之后摘下被食用或制作成柿饼。这完全取决于柿农的决定。而柿农的行动，则取决于当年的柿果行情。

这家柿漆企业，在日本客户投资之初，考察了各个不同品种的柿子，决定以青州牛心柿为制作柿漆的原料。牛心柿也是制作柿饼的上好柿源。这就使得如果青柿果价格太低的话，柿农就会惜售，后来济南一带的柿子也成为他们制作柿漆的主要柿源。

在浙江省上虞市丰惠镇夏家村，人们以散户的形式制作柿漆。制漆人陈永达，会在处暑前后来到附近的村庄，收购柿农刚采摘下来的柿果。这种柿果，叫作油漆柿，一般种植在房前屋后或是村庄附近的山上。采摘时节很重要，因采摘的是未熟透的涩柿，所以时间一般在处暑前后一周内为宜，时间太早，则柿油产量低，黏度也不够；时间太迟，柿果已经成熟，果子的部分成分已经转化，就榨不出太多的油了。

人们用长长的竹竿，或细长的木棍，直接敲击柿果，以便把它击落。如果竹竿也够不着，就需要爬到树上去。看起来这样的采摘显得随意了些，但没有关系，即使是柿果摔破了，只要上面没有沾上太多的污泥，也不用特意清洗。有没有破损，对后面制作柿漆都没有影响。

想象一下那样的场景吧——村民们手执一竿，在采摘果实。那些尚未熟透的果实显然不适合食用，它们坚硬而决绝，似乎在抗拒品尝者的目光。如果忍不住而咬一口的话，你会被涩得觉得舌头就像短了一截。

在夏家村，结出这种并不适合食用的果实的柿子树很多，而且年岁很长，超过三百年以上的老柿树都不鲜见。这种柿果只用于制作柿漆。因此，当地制作柿漆的历史至少有三百年了。

柿果摘下来以后，夏家村人用石磨把它磨碎。早些年用牛拉磨，磨出来的柿水像白色淘米水一样。后来常被采用的方法是，把柿果放入石臼中用木槌捣烂。石臼很大，每次可放50斤柿子；而且捣得越碎越好，捣碎过程中不能加水。然后放入瓷缸中，加水，盖上盖子，发酵5—7天。发酵完成后，把柿渣捞起，放入竹编器中压榨，榨出的柿油，又放进瓷缸中存放。此时为防止浓度过高，要加水。然后装运和出售。

然而，跟很多传统工艺一样，这些年柿漆的道路也越来越难走。

“2002年是夏家村最后一年收购柿果。价格为每斤2.5角至3角。夏家村制取的柿漆主要是销往绍兴，为周家桥兴蒲村的人民扇厂提供了十几年的柿漆原料。”李雪艳在文中提到，此厂“现在已经解散”。

兴蒲村的人民扇厂，一直制作黑纸扇。在20世纪80年代初，扇厂工人曾做过试验，把自家的黑纸扇与日本进口的纸扇分别放进水里浸泡，放进沸水中蒸煮、放在日光下曝晒，三个步骤各12小时。36小时后，他们的黑纸扇仍完好无损，而日本纸扇已经自动裂开损坏了。这个试验表明，柿漆的工艺发挥了强大的保护作用。

“柿漆作为黏合剂，用在黑纸扇的制作中，要用到2—3次。第一次用来糊面，第二次用来调灰，第三次会把柿漆在容易破损的折痕部分再刷一道，这样来增加牢度。”

我曾经到日本寻访过制作纸扇和团扇的手艺人，他们对于自己的手艺是极为自信的，一方面，日本有着历史悠久的匠人传统，另一方面，他们对手艺确实有着近乎苛刻的追求。即便如此，日本的纸扇也在绍兴的黑纸扇面前败下阵来。如果这一试验结果无可挑剔的话，黑纸扇也是足以令人感到自豪的。

然而不幸的是，人民扇厂还是在若干年后解散了。谁也打不过时代。再好的产品如果失去了它的时代，也就等于英雄失去用武之地。电扇和空调的大量使用，使黑纸扇不再具有实用意义，而收窄为纯粹的审美工具。

在这一点上，日本的纸扇和团扇面临同样的命运。

感谢学者李雪艳，曾如此翔实地做过田野调查，并以文字的形式呈现出来。这使得我们在今天得以了解柿漆这种行将消逝的工艺及与之相关的生活。当越来越多的村民，因无人收购漆柿，而砍倒了他们两三百年的老柿树；当烦琐且耗费人力与时间的柿漆工艺越来越失去市场时，我们所能做的其实相当有限。

·柿染之美

手艺的消失总是这样快速，快得常常令人猝不及防。

柿漆工艺，在传统中国并不稀见。例如在竹编工艺中也会用到，有的人家在嫁女儿的嫁妆中，常有针线匾、火熜、食品篮等几样竹制品。在清漆与树脂漆尚未流行、染料工艺也没有普及的20世纪60年代之前，人们常常会用柿漆作为涂料与染料。除给竹器染色功用之外，这个工艺还有很好的防虫蛀的功效。用柿漆给木器涂上一层，同样具有防潮防腐的作用。

除柿漆之外，还有一样专门用于染色的工艺，叫柿染。

柿染源自中国。中国是世界种植柿子量最大的国家，也是最早利用柿子染布的国家。

柿染通常在农历七八月进行。那时柿子还是处于青涩的状态，青涩柿果含有丰富的单宁。将青柿子榨汁，过滤，用汁液涂抹在布料上，就可以染上颜色——我们可以想起，年少时爬上柿树游戏后，衣服上也会留下一些洗不去的汁液颜色；即便是吃柿子，柿液不小心沾染在衣服上，那污渍也不易去除。

经过柿染的面料，笔挺且防腐，出汗后也不会有异味。随着阳光的照晒，衣料上的颜色会加深，所以日本称柿染为“太阳之染”。

用柿子染色，已有很悠久的历史了，主要地区是中国、日本、韩国。10世纪的时候，日本的平安时代，柿染主要是当时下级武士所穿。柿子汁也经常被用于治疗烧伤和降血压。韩国济州岛当地居民，至今还以传统的柿染服装作为工作服。如今，知道柿染的人并不多，也很少有人去亲手制作。

不过，即便如此，当我在淘宝网的搜索框里打出“柿染”二字并按回车键之后，网站依然提供给我许多信息：

来自远山的手艺 柿子染 茶巾；

原创 手工植物染 柿染 茶染 拼布 小挎包；

日匠 现货 日本旧物 席布 麻布 柿涩染 包邮；

柿染 柿漆 柿涩 草木染植物染 日光染 太阳染 DIY 天然染料……

“淘宝”是个神奇的地方。这一款天然柿染染料商品来自福建宁德，一小瓶30毫升的汁液价格是25元。店家在“详情”里说明，这是“熟柿漆，可直接发色，无需曝晒，无媒染也可固色”。

仔细检阅这些结果，也令人稍感尴尬。柿染这样“很中国味道”的工艺，往往卖家会注明“日匠”“日式工艺”这样的字眼，明明是自己的东西，却要标上一个外来的名头，似乎这样它能带上一些异域的光芒。

毋庸讳言，许多好的工艺正在慢慢消失。我曾在一本描写日本京都风情的书里读过柿染的场景。那本书的作者维尼夏•斯坦利－史密斯，是一位英国人，后来在京都乡间生活，住在一幢百年老房子里，种植庄稼也研究香草，过着幸福的田园生活。在她的那本《京都山居生活》书里，她写到一个柿染工作室。直到今天，许多读者还能靠这本书找到那家工作室。

很多人看来，柿染的地位是仅次于蓝染（也就是蓝印花布的染法）。它的色泽，呈现出不同于蓝染的另一种独特的美感。

柿染作为古老的民间工艺，和柿漆一样，有很好的防水、防腐、防蛀效果，所以常常用于编织渔网、染色纸张，并用染色纸张制作成蒲扇、衣服、伞等各种适用于柿染的日常用品。

柿染的过程，可以把未成熟的青柿采摘，粉碎，压榨，产生青涩的液体，待发酵完成后，把汁液涂抹在物体的表面

日本柿染　富泽恭子的柿染作品

上；也可以把布料或面料浸入汁液中，形成均匀的染色效果。之后，染色过的物体在阳光的照射下，会产生特有的鲜亮的柿色。

不过，若是使用熟的柿子，也是可以的。

我就看到介绍，有人用做柿饼时削下来的柿子皮，煮成一锅浑浊的汁，滤去渣滓，投以锈铁器入锅作为染媒，再把织物也放进锅内煮一煮。在几分钟时间内，翻动织物使其染色均匀，然后取出来，在清水里漂一下，拧干后在太阳底下晒干即可。

为什么要投入生锈的铁器，是因为铁锈的成分是三氧化二铁，可令染物颜色鲜明。这染色的方法是很简单的。那位朋友在朋友圈里晒出的衣服照片，透着一种昏黄或赭红的颜色，又是柔和内敛的色调，仿佛还有一点茶色，有如旧物，令人感到熟悉和舒适。据说柿子树叶什么的，也可以作为染料试一试。如果我在乡间生活的话，我也会试一试吧。

使用柿染布包时，如果能感受到自己将太阳、风、青涩柿子的力量连接到了一起，那就是一种理想状态。不过多地考虑自我，尽可能地排除各种限制。从根本上来说，那是对受到自然恩惠而形成的柿染布料的一种礼赞。

这是日本柿染作者富泽恭子，在北京国子监街开柿染作品展的活动预告里的一段话。2017年的8月底，这位出生于20世纪70年代末，从日本武藏野美术大学大学院（研究生院）工艺工业设计系纺织专业毕业的姑娘，还在大二时，因无意中接触到柿染，就迷上了这种“人与时间、人与自然交叠而形成的艺术”。经历了毕业后的迷茫期，富泽恭子毅然决然地踏上一条成为柿染创作者的道路。后来，她居然因为玩柿染玩出了那么多花样，而且受到那么多年轻粉丝的追捧，并且，还把展览办到了北京。

不过，当我看到那些散发着古旧色泽，具有粗犷而又内敛的质感的布包作品时，我也忍不住喜欢上她。能够有一件事可以为之痴迷，那是多幸福的人生。

·植物的颜色

富泽恭子所从事的柿染工艺，是草木染工艺的一种。草木染因为原料取自自然，在色彩上也具有自然 的魅力，颜色也从草木中来，雅致，柔美，含蓄，婉约，因而玩草木染的人也渐渐地多起来。

不仅蓝草可以用于染布，就连紫甘蓝叶、栗子壳儿、洋葱皮儿、栀子果儿、茶叶末儿之类的植物残骸，也可以染出不同颜色的东西。也有一些介绍草木染的书，介绍煎煮染、生叶染、鲜花染、扎染、云染在内的多种中国传统染色工艺，以及红花、栀子、茜草、玫瑰等几十种经典染材的用法。那些书卖得不错。这也让更多人有机会认识到草木染。

说起来，柿染虽是草木染的一种，但与多数草木染的差别在于，多数草木染是在染色的时候就把颜色附着在织物上了，而柿染则会在织物接受阳光曝晒之时，越来越让颜色逐渐呈现出来。也因此，日本人会把柿染称作“太阳之染”。

柿染既可简单地以染煮进行，也可以试着用浸染、绘染的方式进行。柿汁具有丰富的天然单宁酸与胶质，可使纤维

太阳之染

产生极优异的色牢度，耐洗耐晒，时间越久显色越深。随着使用次数的增多，还可带出皮革般的质感。再用笔进行创意绘染，还可以创造出更多变的颜色。

从土黄、黄褐、深褐到焦褐、灰黑，这些颜色的变化都是柿染的色域。这是一种质朴的颜色，厚重且沉稳。

如果有机会去台湾，也可以去拜访一下新竹县的柿农。在新埔镇旱坑里，不仅有着台湾最大的金黄的晒柿场景，还有香甜水梨、美味粄条及最密集的家祠宗庙，还有一大艺术体验，即柿染。

新埔镇盛产柿子，所以有两大特产，一是柿饼，一是柿染。新埔当地人每年都会有一段时间忙着将柿子做成柿饼，由于时间紧，经常忙到后半夜。工人们就会吃柿饼作为消夜，而且吃的时候，还会配着花生一起吃。知道这是为什么吗？当地人说这样子吃，就是“好柿会花生”。浓浓的闽南口音“好事会发生”，是不是立刻能感受到满满的人情味？

而在制作柿饼过程中，大量废弃的柿子皮就可以用来做柿染。当地人开发出柿染相关手工艺品，让柿子得以提升艺术文化的附加价值，也让新埔的旱坑里成为台湾发展柿染的基地。

2010年2月，新埔镇成立新竹县柿染文化协会，柿饼老板刘理鉴先生担任理事长。他研发、创作柿染手工艺术作品，在柿染技术及产品制作上有了很大的成绩。在我看来，柿染这种传统工艺在当下的传承，要更多地融入人们对新生活、新时代的新审美，也只有这样，传统的手艺才能散发出更迷人的魅力。

在中国，一提起蓝印花布，人们就会想到江南小镇，想起白墙灰瓦，小桥流水人家。是不是有一天，当人们一提起柿染，也会想起遥远的故乡，想起那温和踏实和深情的一幕幕?

·主要参考文献

欧阳询.艺文类聚[M].上海：上海古籍出版社，1999.

子思、孔子.礼记 尚书[M].北京：华龄出版社，2002.

嵇含.南方草木状[M].广州：广东科技出版社，2009.

叶静渊编.中国农学遗产选集·落叶果树（上编）[M].北京：中华书局，1958.

范楚玉、苟萃华.悠久的中国农业[M].北京：中国农业出版社，1983.

贾思勰.《齐民要术》今释[M].石声汉校释，北京：中华书局，2009.

郗旺、史军.大嚼科学·植物卷：大豆的N种死法[M].济南：明天出版社，2014.

迈克尔·波伦.植物的欲望：植物眼中的世界[M].王毅，译.上海：上海人民出版社，2005.

李雪艳.中国的柿——民艺个案研究一例[D].南京艺术学院，2005.

亚当·李斯·格尔纳.水果猎人[M].于是，译.北京：生活·读书·新知三联书店，2011.

理查德·梅比.杂草的故事[M].陈曦，译.南京：译林出版社，2015.

潘富俊.草木缘情：中国古典文学中的植物世界[M].北京：商务印书馆，2015.

李根有、陈征海、桂祖云主编.浙江野果200种精选图谱[M].北京：科学出版社，2013.

王新环.志书中的物产资源探究——以河南地方志中的柿子为例[J].中国地方志，2015(5).